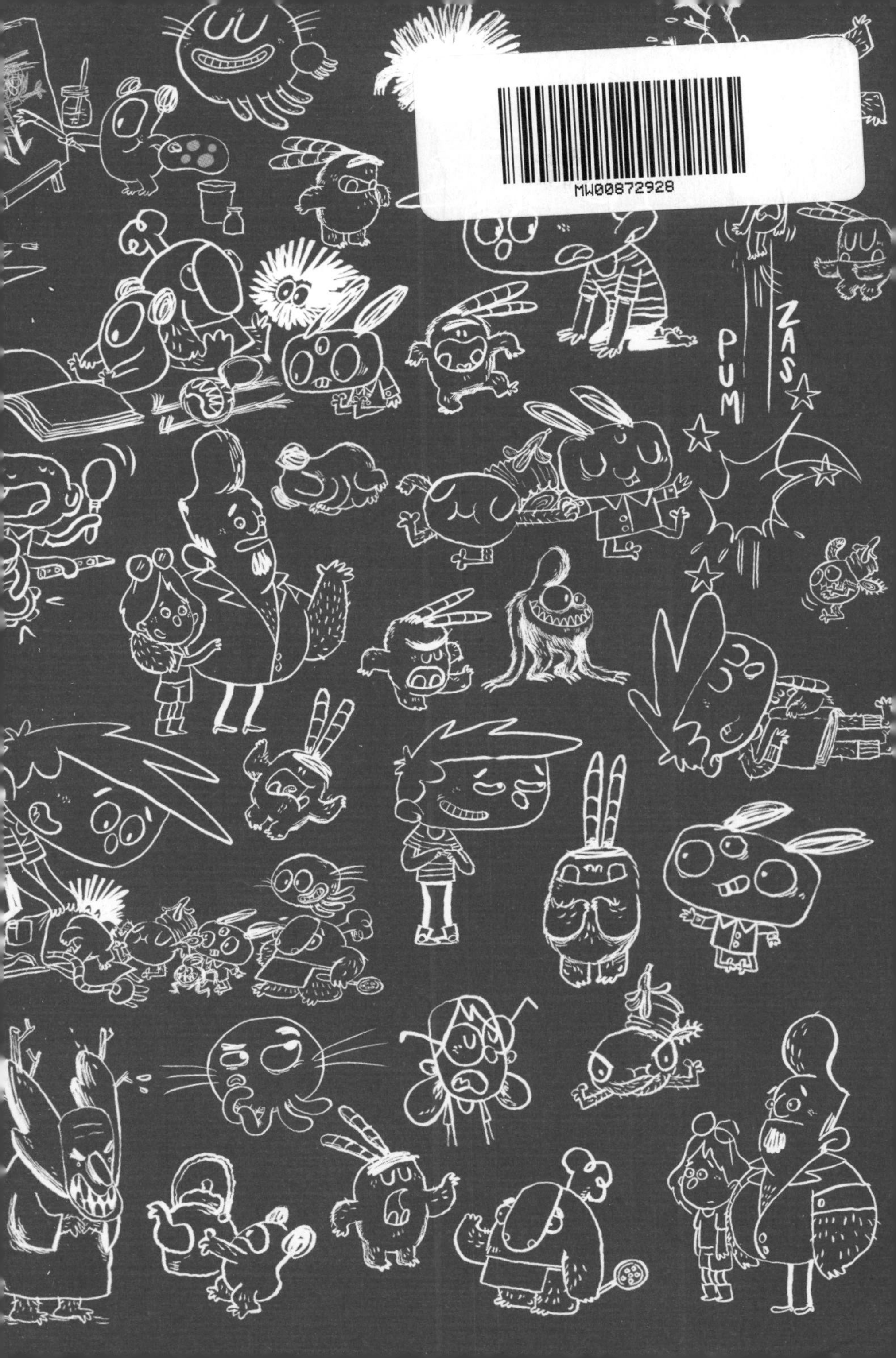
PUM
ZAS

¡SALVEMOS EL NAUTILUS!

Combel Editorial es un sello
de Editorial Casals, SA

© 2014, Jaume Copons, por el texto
© 2014, Liliana Fortuny, por las ilustraciones
© 2014, Editorial Casals, SA, por esta edición
Casp, 79 – 08013 Barcelona
combeleditorial.com
agusandmonsters.com

Autores representados por IMC Agencia Literaria, SL

Diseño de la colección: Estudi Miquel Puig

Novena edición: marzo de 2021
ISBN: 978-84-9825-916-2
Depósito legal: B-16132-2014
Printed in Spain
Impreso en Índice, SL
Calle D, 36 (Zona Franca) – 08040 Barcelona

¡SALVEMOS EL NAUTILUS!

JAUME COPONS &
LILIANA FORTUNY

COMBEL

1

UNA HABITACIÓN LLENA DE MONSTRUOS

A mí me daba igual que la profe hubiera puesto esos deberes tan estrambóticos. Tenía por delante una semana de vacaciones y pensaba pasarla con mis amigos.

Aquella tarde volví a casa con Lidia. No tenía más remedio porque éramos vecinos, tan vecinos que vivíamos en el mismo rellano de escalera. Y ya era mala suerte, porque Lidia era la niña más repelente y cotilla de la escuela. Y su padre ya no digamos.

Cuando por fin conseguí entrar en casa, saludé a mis padres y me fui directamente a mi cuarto. Mis amigos me estaban esperando. Eran un poco especiales, sí, pero ¿dónde habría podido encontrar unos amigos como ellos? A veces se pasaban un poco, es verdad..., pero es que no lo podían evitar.

Retrato de Agus dibujado por Pintaca, de memoria y en dos minutos.

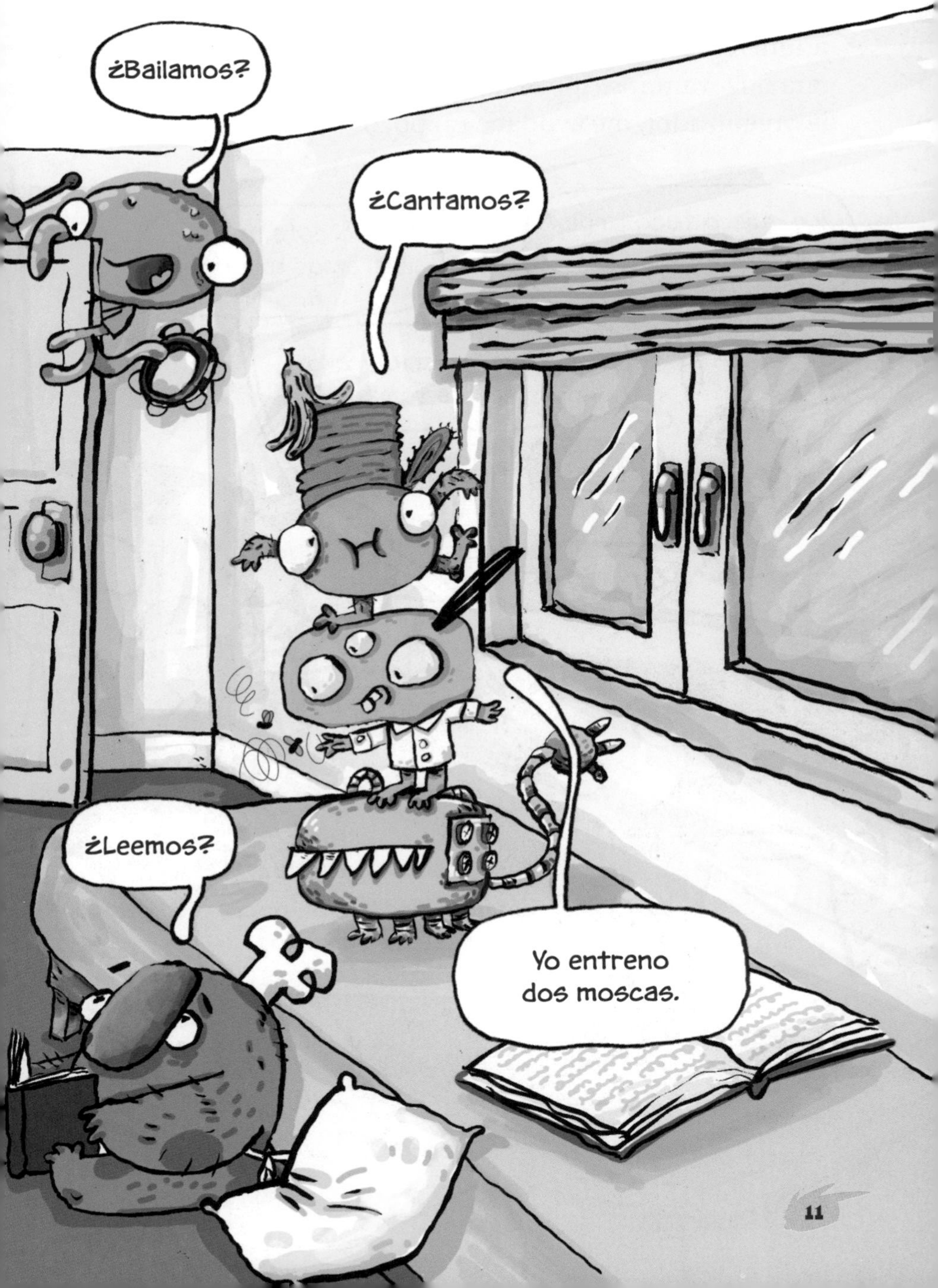
¿Bailamos?
¿Cantamos?
¿Leemos?
Yo entreno dos moscas.

Pero antes de jugar y leer, ¡teníamos trabajo! Había que ordenar la habitación. No es fácil convivir con diez monstruos. Hace falta mucha disciplina. Y sobre todo, hay que mantener el orden para no levantar sospechas. Por suerte, el Sr. Flat, con sus dotes de organizador, me ayudaba un poco.

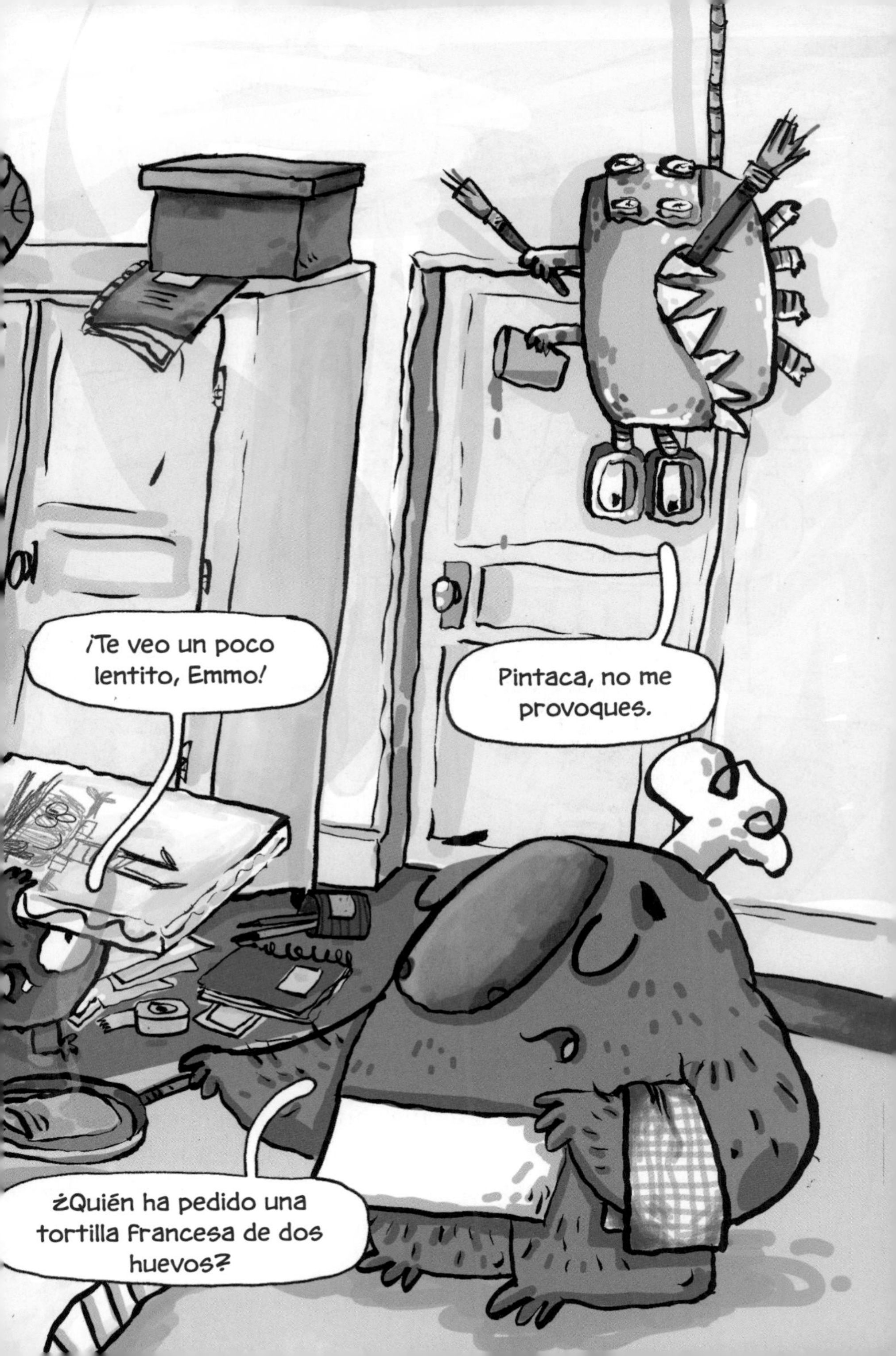
¡Te veo un poco lentito, Emmo!
Pintaca, no me provoques.
¿Quién ha pedido una tortilla francesa de dos huevos?

Tener la habitación ordenada me ahorraba muchos problemas. Si los padres entran en una habitación y lo ven todo ordenado, en general no sospechan nada. Bueno, aunque hay padres, como los míos, que siempre encuentran algo que no les gusta.

Los diez monstruos y yo ya llevábamos tres semanas compartiendo mi habitación, pero creo que merece la pena que os explique cómo conocí al Sr. Flat y luego a los demás. Así, de paso, entenderéis por qué tengo tanto interés en mantener ordenada mi habitación.

LA LLEGADA DEL SR. FLAT Y LOS MONSTRUOS A MI HABITACIÓN

Yo era un niño normal, con los problemas normales de un niño normal. Mi madre, por ejemplo, me amenazaba con tirar mis juguetes si no ordenaba la habitación. Y también tenía un problema en la escuela: tenía que entregar unas redacciones que había perdido.

Un día encontré al Sr. Flat en la biblioteca de la escuela y pensé que era un muñeco. Y Emma, la bibliotecaria, me lo regaló.

Aquella misma tarde me puse a leer y el Sr. Flat se despertó. ¡No era un muñeco, era el monstruo de los libros! Nos hicimos amigos y juntos leímos un montón de libros. Pero...

... el Sr. Flat me contó que él y sus amigos habían sido expulsados del libro en el que vivían, el *Libro de los monstruos*, por un tal Dr. Brot, un auténtico malvado, y yo decidí ayudarle.

Al día siguiente, la cosa se enredó de lo lindo. Mi madre, harta de tanto desorden en mi habitación, me tiró un montón de juguetes y donó otros, entre ellos, al Sr. Flat.

Tras muchos problemas y muchas discusiones con Lidia, que había comprado al Sr. Flat en el mercadillo que se había organizado en la escuela, conseguí encontrar al Sr. Flat.

Cuando volvimos a casa, aún no sé cómo, el Sr. Flat encontró las redacciones que tenía que entregar a mi maestra, y me hizo una propuesta...

Me propuso que sus amigos vinieran a vivir con nosotros. ¡No hace falta que diga que acepté encantado!

Y desde que los monstruos llegaron a mi habitación, ya no me aburrí ni un solo día. Por las noches, el Sr. Flat y yo leíamos en voz alta y todos nos escuchaban boquiabiertos. Vivíamos bastante entretenidos y tranquilos, pero aquella tarde...

... Aquella tarde, mientras ordenábamos la habitación, me di cuenta de que Hole y Drílocks no estaban con nosotros. Y cuando pregunté por ellos, los demás hicieron como si no supieran nada.

2

UN VECINO MUY INCÓMODO

A(0,0)
B(1,0)
C(1,2)
x=50
4=x²-3

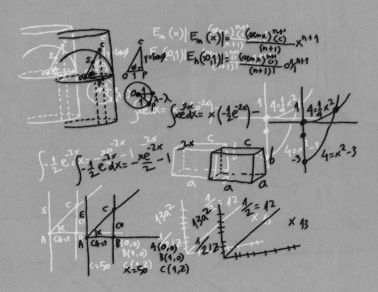

Aunque cuando pregunté por Drílocks y Hole todos los monstruos se hicieron los locos, el enigma duró muy poco. De repente, se abrió un agujero en la pared y Drílocks y Hole entraron en la habitación. No me dio tiempo a preguntar nada. Por suerte, Hole, que era el monstruo de los agujeros, también sabía cómo dejar intactas las paredes que había agujereado.

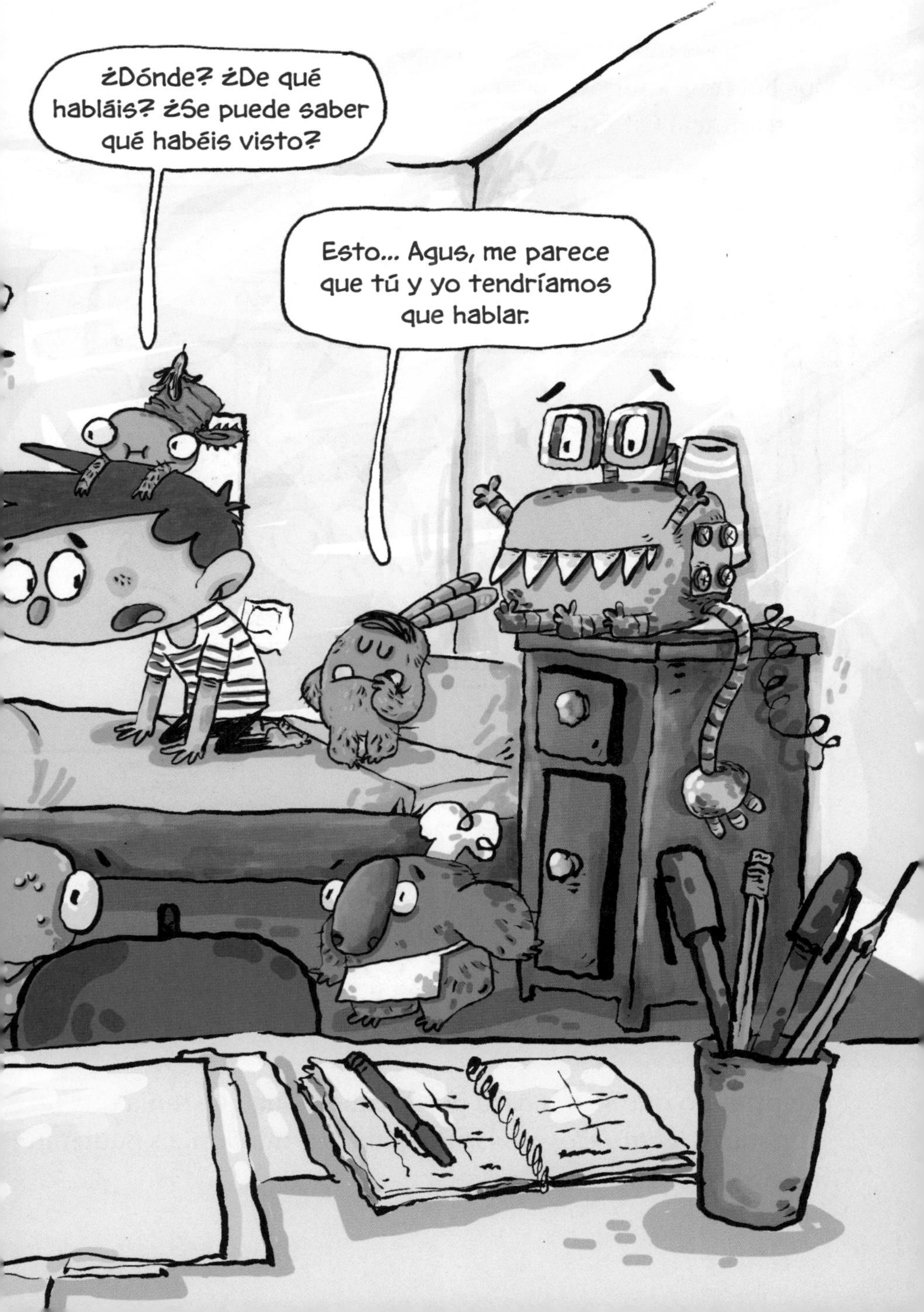
¿Dónde? ¿De qué habláis? ¿Se puede saber qué habéis visto?
Esto... Agus, me parece que tú y yo tendríamos que hablar.

Sí, el Sr. Flat y yo hablamos. Me explicó que no era casualidad que él y los monstruos estuvieran en mi habitación. Desde que los habían expulsado del *Libro de los monstruos*, habían estado buscando al Dr. Brot.

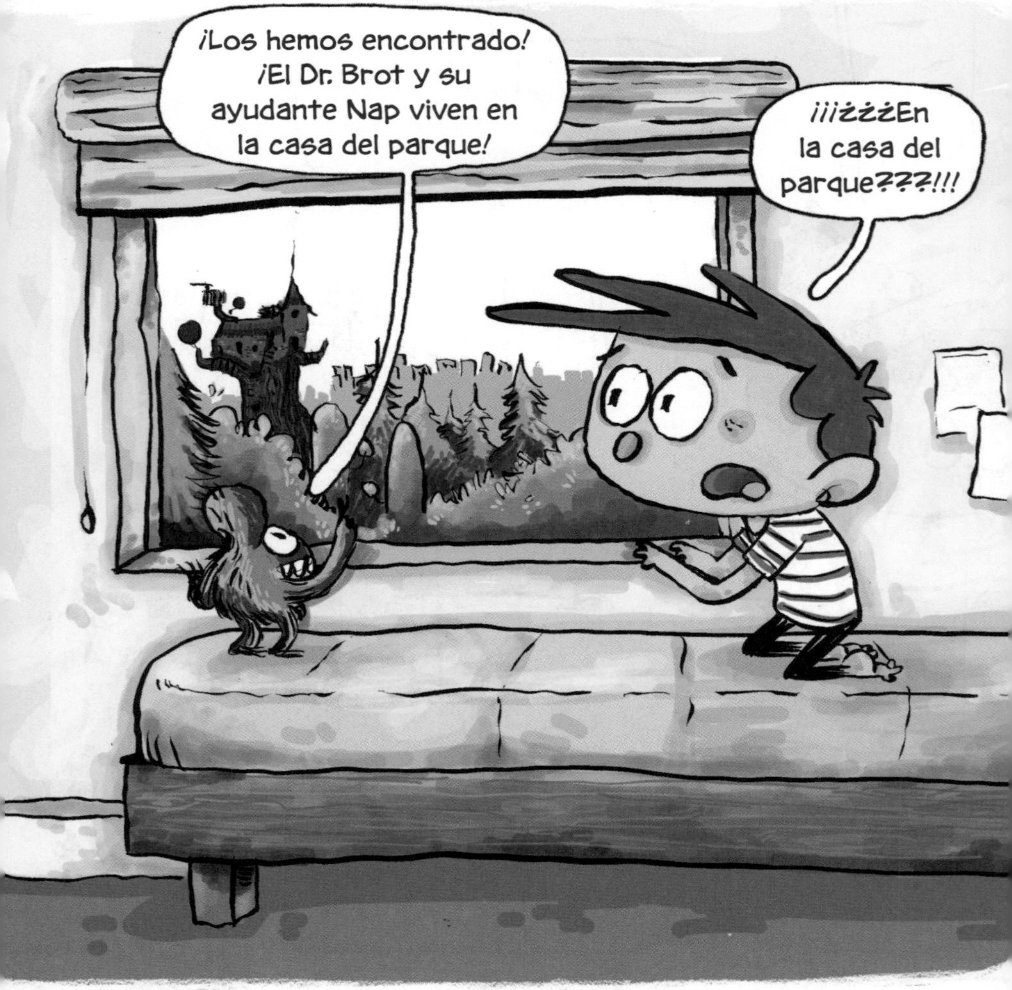
¡Los hemos encontrado! ¡El Dr. Brot y su ayudante Nap viven en la casa del parque!
¡¡¡¿¿¿En la casa del parque???!!!

Lo primero que se me pasó por la cabeza fue que tenía que recuperar el *Libro de los monstruos* para que mis amigos pudieran regresar a casa.

Aunque veía muy claro que hacía falta recuperar el *Libro de los monstruos*, me di cuenta de que no sería tan fácil como yo creía.

Me contaron que había que tener paciencia y esperar a que el Dr. Brot cometiera algún error. Todos tenían claro que era necesario impedir que llevara a cabo sus maldades. Y yo me di cuenta de que había que tener los ojos bien abiertos. Sobre todo cuando me intentaron explicar cómo era el Dr. Brot.

De acuerdo, el Dr. Brot era un peligro, pero ¿y Nap? ¿Cómo era el ayudante del Dr. Brot? Prácticamente nadie supo decir nada de Nap, y los pocos que dijeron algo tampoco es que aportaran gran cosa.

Ziro se encargó de calcular los siguientes movimientos del Dr. Brot, pero creo que ni él mismo lo veía muy claro. La verdad es que todos los cálculos que hacía Ziro me parecían incomprensibles.

Aunque no entendía nada de nada, como ya había pasado tres semanas con los monstruos, empezaba a saber que a veces solucionaban las cosas de la manera más extraña, difícil y rocambolesca posible.

Aquella noche, el Sr. Flat y yo leímos *Alicia en el país de las maravillas*, de Lewis Carroll, y todos los monstruos, en un silencio absoluto, nos escucharon boquiabiertos. Bueno, lo de silencio absoluto es un decir.

¡Que le corten la cabeza!

¿Se puede saber qué dices, Emmo?

Ay, perdona, me he emocionado. Hay un personaje de la novela, la Reina de Corazones, que siempre dice: «¡Que le corten la cabeza!».

¡Silencio! ¡¡¿Queréis callar?!!!

Cuando ya llevábamos un buen rato leyendo, mi padre nos interrumpió. Era tarde y quería que apagara la luz. Mientras estuvo en la habitación, todos los monstruos se quedaron inmóviles, como si fueran muñecos. Ya estaban acostumbrados. Después, cuando mi padre se fue, gracias a Emmo pudimos seguir leyendo.

¡A veces no sé qué haríamos sin ti!

¡Eh, no había visto el poema con el que empieza el libro! Escuchad esta estrofa...

... El país de las maravillas nació así, un incidente tras otro se enlazaba y, cuando se acabó, con alegría regresamos todos, camino a casa, bajo la luz del sol poniente...

Me gusta.

Seguimos leyendo hasta las tantas porque todos estaban muy emocionados con Alicia. Y como al final de la novela la juzgan, ¡todo el mundo quería saber cómo terminaba!

Además, tuvimos un pequeño accidente con Octosol, que saltó desde lo alto de un armario para imitar la caída de Alicia por el agujero de una madriguera y el pobre acabó un poco magullado.

3

INVESTIGANDO

En cuanto estuvimos despiertos y levantados, nos organizamos. La idea era ir al parque para investigar un poco. Pero ¿cómo hacerlo sin que la gente viera a los monstruos? Pensé que los podría llevar en una mochila de las grandes, pero Hole me dejó claro que no sería necesario.

No te preocupes. Coge tu mochila, la de ir a la escuela. Yo haré un agujero en el interior y nos meteremos todos dentro. ¿Me entiendes?

No, Hole, ¡no te entiendo!

La verdad es que era muy difícil entender a Hole. Por mucho agujero que hiciera dentro de la mochila... ¿dónde se supone que se iban a meter? Fuera como fuese, incomprensiblemente, entraron todos en la mochila y cupieron perfectamente.

Cuando les dije a mis padres que me iba un rato al parque, se alegraron. Dijeron que últimamente pasaba demasiadas horas en mi habitación. Y creo que mi padre hasta se emocionó al ver que por fin se me había pegado la típica responsabilidad de la familia Pianola.

Cinco minutos más tarde ya estaba sentado con mis amigos en un banco del parque. Bueno, yo estaba sentado y ellos estaban cómodamente dentro de mi mochila, se supone que en el agujero que había creado Hole. Y entonces... ¿adivináis a quién me encontré?

Gracias a mi apasionante conversación, conseguí que Lidia se aburriera y se marchara en menos de un minuto. Y nosotros fuimos tranquilamente a sentarnos en otro banco, justo delante de la casa del parque.

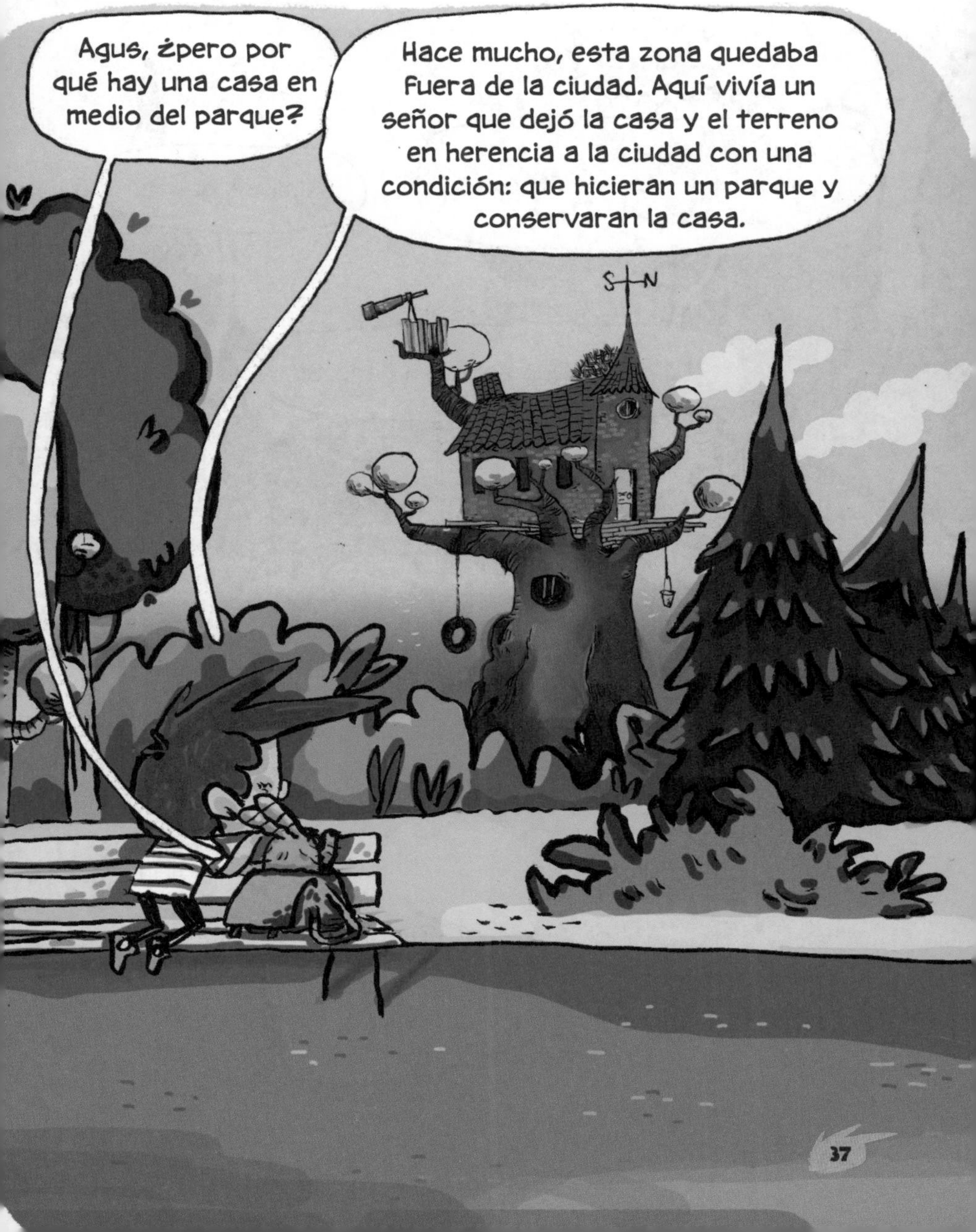
Agus, ¿pero por qué hay una casa en medio del parque?
Hace mucho, esta zona quedaba fuera de la ciudad. Aquí vivía un señor que dejó la casa y el terreno en herencia a la ciudad con una condición: que hicieran un parque y conservaran la casa.
S N

Y de repente, ¡lo vimos! El mismísimo Dr. Brot salió de la casa del parque y tras él iba Nap. Pasaron por delante de nosotros y yo me quedé clavado en el banco, helado.

El Sr. Flat me pidió que siguiera al Dr. Brot, y yo me levanté inmediatamente.

¡Sobre todo, Agus, que el Dr. Brot no note que lo sigues!

¡Tranquilos!

¡Disimula!

¡Que no te vea!

¡No tiene que notar que lo sigues!

¡Tú haz como si la cosa no fuera contigo!

¿Podríais callar un poco?

Seguí al Dr. Brot sin descanso. En ningún momento se dio cuenta de que lo seguía. Si él se paraba, yo me paraba. Y si él andaba, yo andaba.

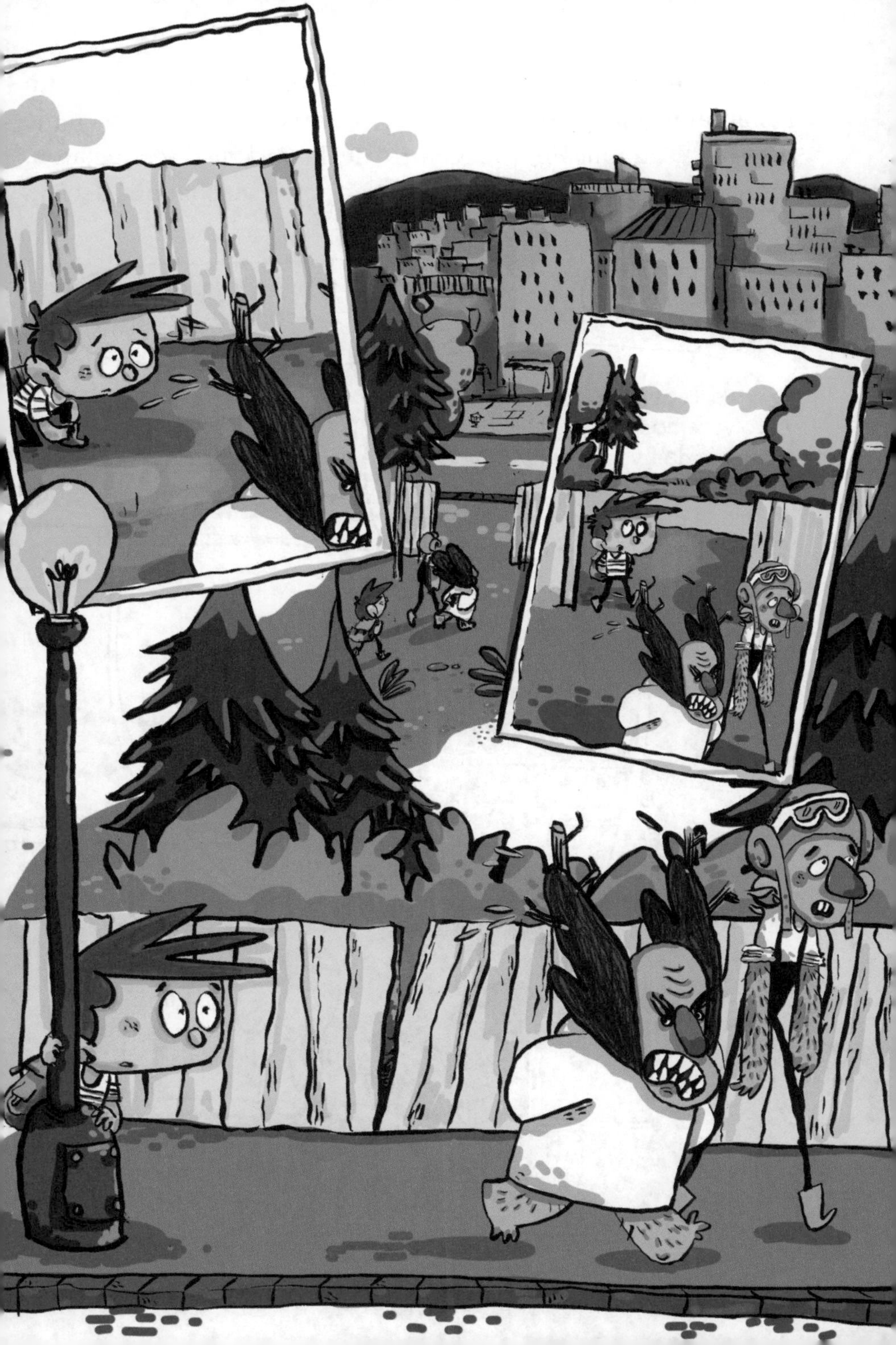

De repente, el Dr. Brot y Nap se detuvieron ante la puerta de un restaurante que quedaba muy cerca de mi casa, y yo también me detuve. Y aunque los de dentro de la mochila se quejaron, me acerqué un poco al Dr. Brot y a Nap para escuchar qué decían.

Dejé la mochila en el suelo, porque aunque estuvieran en un agujero los monstruos pesaban lo suyo. Y mientras el Dr. Brot y Nap comían, esperamos en la calle.

Nap arrojó el periódico al suelo, el muy cerdo; pero gracias a eso lo pudimos recoger. Estaba claro que aquel periódico nos iba a dar alguna pista de lo que pasaba.

Y allí mismo, en la calle, al abrir el periódico entendimos lo que pasaba.

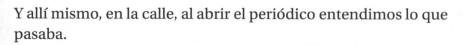

JEAN-PAUL SORBET VISITA EL NAUTILUS

La temida visita del número uno de los gastrónomos

Jean-Paul Sorbet, en una foto reciente.

El próximo 22 de noviembre, el prestigioso gastrónomo Jean-Paul Sorbet visitará el restaurante Nautilus, en nuestra ciudad. Como es bien sabido, la visita de Jean-Paul Sorbet puede hacer que un restaurante se hunda o cobre fama. Los artículos del prestigioso gastrónomo se publican en los mejores blogs, guías y periódicos sobre gastronomía del mundo. Ulises Dantés, propietario del restaurante, ha declarado: «Sabemos que nos la jugamos». Y su mujer ha añadido: «Pero lucharemos para demostrar que el Nautilus puede ser un gran restaurante». Aun así, no lo tienen fácil. Últimamente, el Nautilus ha perdido prestigio y clientela. Así es que el día 22 el Nautilus se juega su futuro a cara o cruz.

4

UN PLAN PARA EL NAUTILUS

¡Estaba claro lo que se proponía hacer el Dr. Brot! Pensaba ir a comer al restaurante el mismo día que lo haría Jean-Paul Sorbet. Y estaba claro que se quería asegurar de que todo saliera mal.

En cuanto volvimos a casa, aunque estábamos alterados por haber visto en persona al Dr. Brot, empezamos a organizarnos.

¡La cosa está clara! ¡El Dr. Brot procurará que los dueños del restaurante Nautilus fracasen estrepitosamente!

¡Tenemos que actuar deprisa! ¡Y aprovechar para saber alguna cosa de nuestro libro!

Agus podría ir al restaurante con algunos nosotros. ¡Así sabríamo exactamente qué está pasando!

Rápidamente todo el mundo se puso de acuerdo en algo: como el Nautilus era un restaurante, lo más lógico era que mi acompañante fuera el Cheff Roll. Pero él no lo veía así.

Cuando quedó claro que el Cheff Roll visitaría el restaurante, también quedó claro que sería yo quien cargaría con él hasta allí. Y entonces el Sr. Flat concretó el plan. Propuso que yo fuera de incógnito, porque así luego podría volver al restaurante tranquilamente. Y por eso sugirió que me disfrazara.

Agus, tú dejas al Cheff Roll en el restaurante y, disimulando, te marchas. ¡Venga, busquemos en tu baúl de los disfraces!

¿Pero de qué me disfrazo?

Estuvimos un buen rato buscando en el baúl y discutiendo la mejor opción.

Y al final el disfraz que triunfó fue el de viejecita. ¿Quién es capaz de negarle nada a una viejecita?

Al Cheff Roll lo acompañaría Hole, porque gracias a su capacidad para hacer agujeros, podrían salir del restaurante y volver a casa fácilmente.

Me fui al restaurante, disfrazado y con el Cheff Roll y Hole a cuestas, pero no conté con un peligro muy evidente. Y en cuanto abrí la puerta de casa me lo encontré de cara.

Por suerte, Lidia y su padre tenían prisa y no me entretuvieron demasiado.

Cuando llegué al Nautilus, entré, dejé al Cheff Roll sobre un taburete y pedí un vaso de agua. Y mientras me lo servían, salí corriendo.

Mientras el Cheff Roll y Hole estaban en el Nautilus, para distraernos un poco nos dividimos en dos equipos y organizamos un partido de bréxel. Era un deporte muy divertido que se había inventado Brex.

Señores, señoras, les recuerdo las tres reglas del bréxel.

Regla I: El árbitro esconde diez objetos. Escribe los nombres de esos objetos en dos listas y las pasa a los capitanes de los dos equipos.

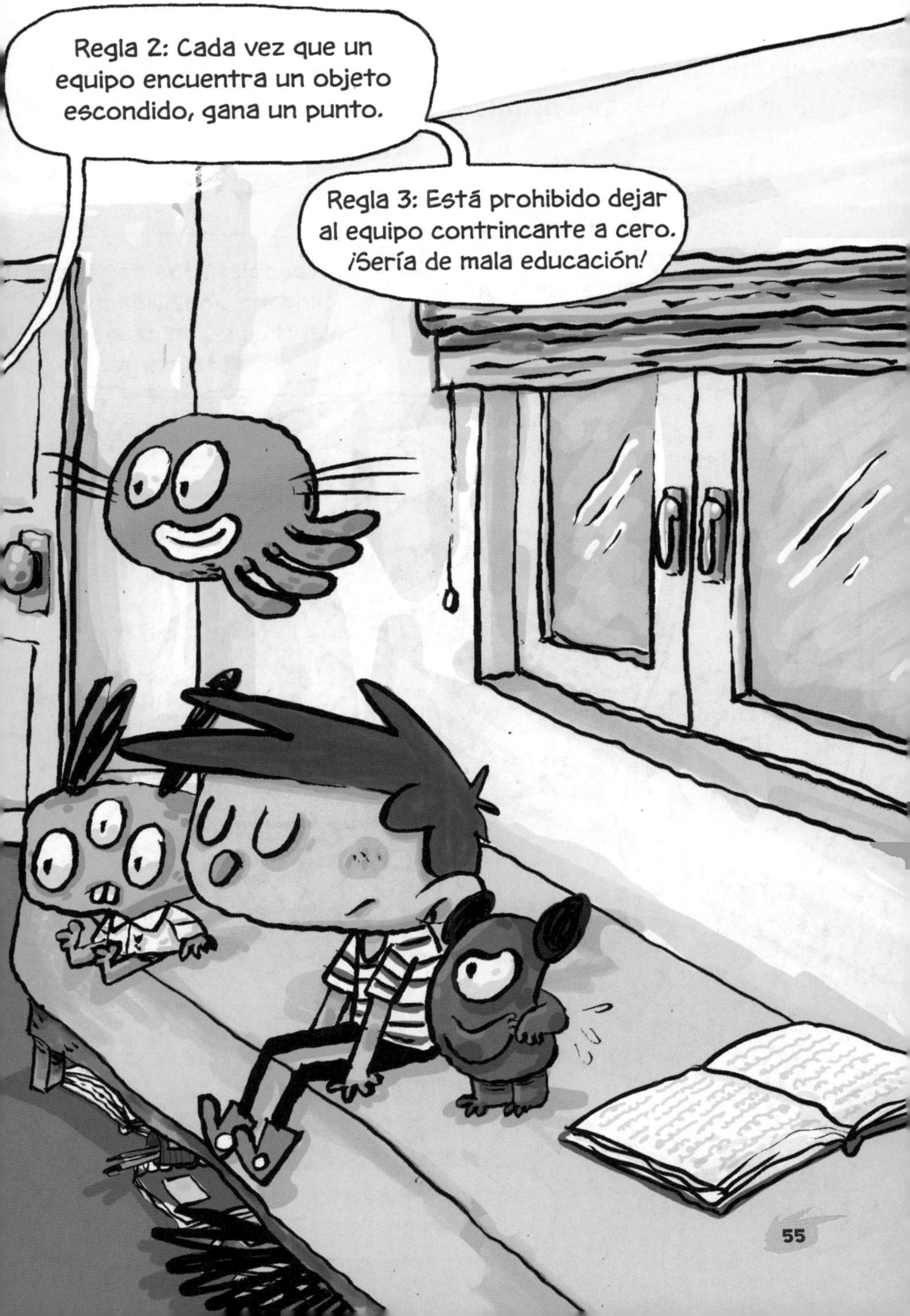
Regla 2: Cada vez que un equipo encuentra un objeto escondido, gana un punto.
Regla 3: Está prohibido dejar al equipo contrincante a cero. ¡Sería de mala educación!

Pero ni con el bréxel conseguimos distraernos. Sufríamos por el Cheff Roll y por Hole. Y no respiramos tranquilos hasta que volvimos a tenerlos de nuevo en la habitación.

Pues sí, yo era la excusa perfecta. Iría al restaurante, les diría a los propietarios que tenía que hacer un trabajo para la escuela y me ofrecería para ayudarles. Esto abriría las puertas del restaurante a los monstruos. Lo que no entiendo es cómo mis padres se tragaron la absurda versión de mi trabajo de la escuela.

Al cabo de un rato ya estaba otra vez en el Nautilus con mi mochila y, evidentemente, con todos los monstruos dentro del agujero. Nadie se lo quiso perder. Ulises y Penélope, los propietarios del restaurante, se pusieron muy contentos con mi oferta. Estaba claro que necesitaban ayuda.

Sí, Ulises y Penélope eran muy buena gente, pero también eran un auténtico desastre. El restaurante estaba muy descuidado, la decoración era espantosa y la carta de platos daba pena. El Sr. Flat estaba ofuscado.

Pero todo aquel desastre no era nada comparado con lo que encontramos en la cocina. Allí el desorden era total. Por suerte, en aquel momento Ulises me dijo que Penélope y él tenían que salir a comprar, y me pidió que me hiciera cargo del restaurante mientras ellos estaban un rato fuera.

5

CAMBIOS EN EL NAUTILUS

Lo primero que hicimos cuando nos quedamos solos en el Nautilus fue limpiarlo todo. Y fue horrible. La porquería se había ido acumulando durante años, pero como ya estábamos entrenados a base de ordenar mi habitación, al final hicimos un buen trabajo.

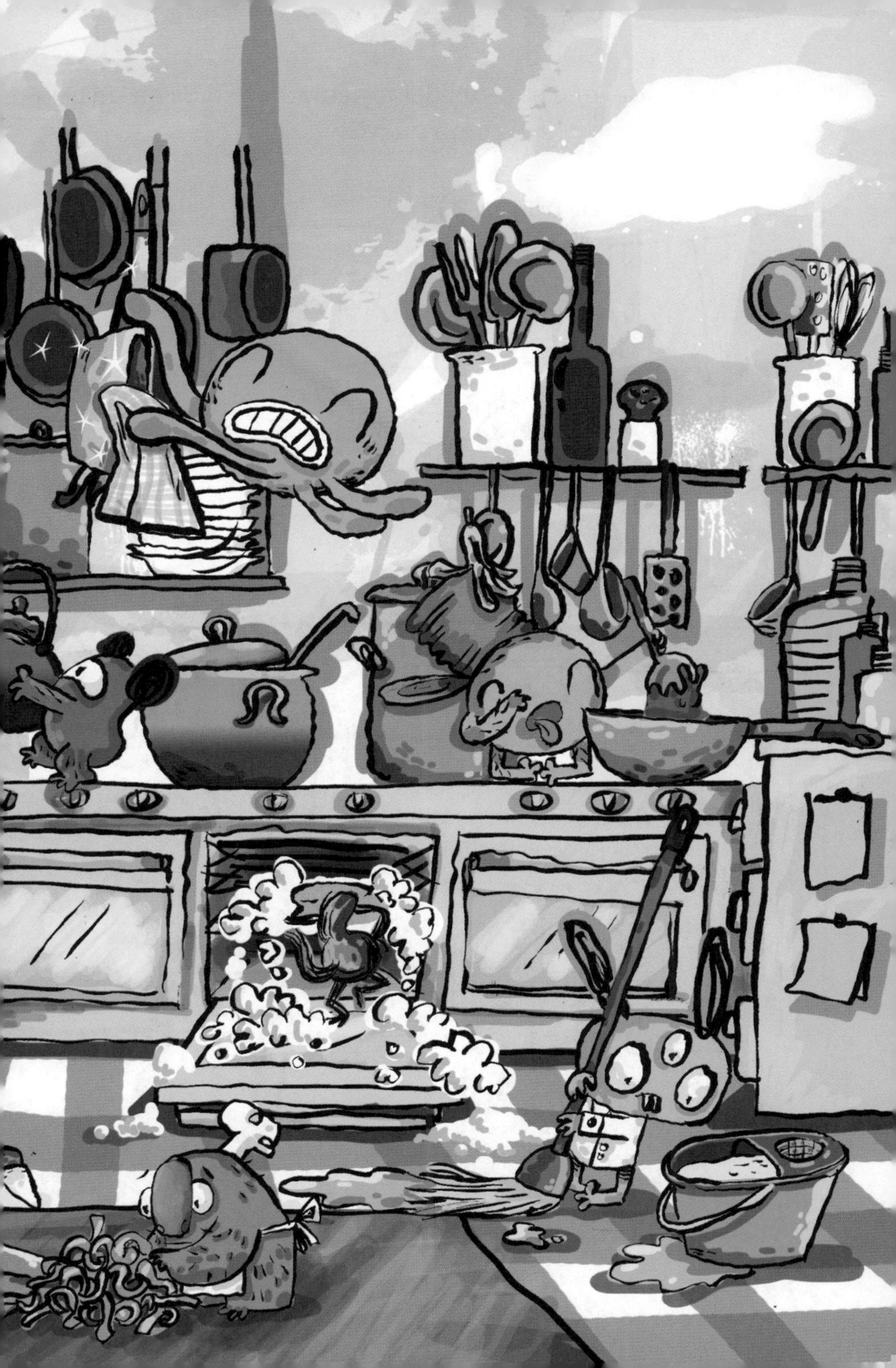

Pintaca decidió que el cartel del restaurante estaba en un estado deplorable, y lo dejó como nuevo.

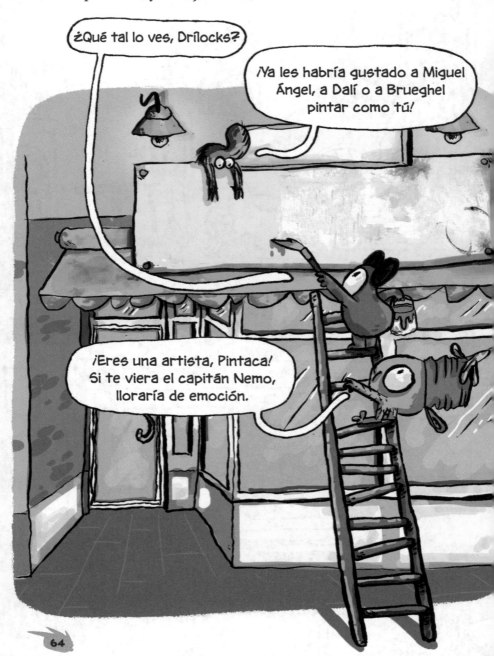

Pero donde de verdad teníamos trabajo era en la cocina. ¡Qué desastre! Allí sí que tuvimos que trabajar a lo bestia. Nos pusimos en marcha a las órdenes del Cheff Roll. Él nos dirigía mientras se dedicaba a elaborar una nueva carta para el restaurante.

Y, una vez terminada la nueva carta del restaurante, se puso a dirigir la cocina como si fuera el capitán de un barco.

De repente, oímos un grito de pánico y, al girarnos hacia la puerta de la cocina, vimos a Penélope y a Ulises, que se habían quedado blancos: ¡¡¡habían visto a los monstruos!!!

Sí. A Penélope y a Ulises les costó un poco entender lo que pasaba, pero se lo expliqué tan bien explicado que al final, más o menos, me entendieron.

Tal vez porque el restaurante había mejorado mucho en un tiempo récord, Ulises y Penélope se dieron cuenta de que los monstruos no podían ser tan malos. Y así, una vez los tuvimos calmados, pudimos seguir con nuestro trabajo.

El Cheff Roll intentó enseñar unas cuantas cosas a Penélope y a Ulises, pero no lo tuvo fácil.

¡Esto es un desastre! ¡Jean-Paul Sorbet se los va a comer vivos!

¡No! Tenemos que convencerlo de que el Nautilus es un gran restaurante. Y también tenemos que hacer que el Dr. Brot hable de nuestro libro. ¿Qué ha hecho con él? ¿Dónde lo tiene? ¡Cualquier información puede sernos útil!

¡Necesitaríamos años para convertir el Nautilus en un buen restaurante!

¡Pues solo tenemos dos días!

¡¡¡Aaaaah!!! ¡Hay un monstruo que se ha dividido!

Penélope tenía razón. Drílocks, viendo el trabajo que quedaba por delante, decidió que sería mucho más útil si se dividía. Por eso, ahora un montón de pequeños Drílocks corrían por el comedor limpiándolo todo.

El Sr. Flat pidió a Penélope y a Ulises que guardaran nuestro secreto, que no le contaran a nadie que tenían todos aquellos monstruos ayudándoles. Y ellos le aseguraron que mantendrían la boca cerrada.

Aquella noche, después de cenar, me encerré en la habitación con mis amigos. Estábamos hechos polvo porque habíamos trabajado mucho, pero había algo que nadie pensaba perdonar: ¡la lectura de cada noche! Escogimos *Charlie y la fábrica de chocolate*, de Roald Dahl. Y, de tanto hablar de chocolate, el Cheff Roll no pudo evitar prepararnos un chocolate calentito.

Aquella noche soñé que visitaba la fábrica de chocolate de Willy Wonka. Allí, en la sala del chocolate, estaban todos: Charlie, el Sr. Wonka, Veruka, Mike, Violet y Augustus, y también los umpa lumpas, los cuales, como locos, cantaban una de sus canciones. Pero lo más extraño era que yo llegaba a la sala del chocolate a bordo del Nautilus, la nave del capitán Nemo. Era como si hubiera recorrido 20.000 leguas de viaje chocolatero.

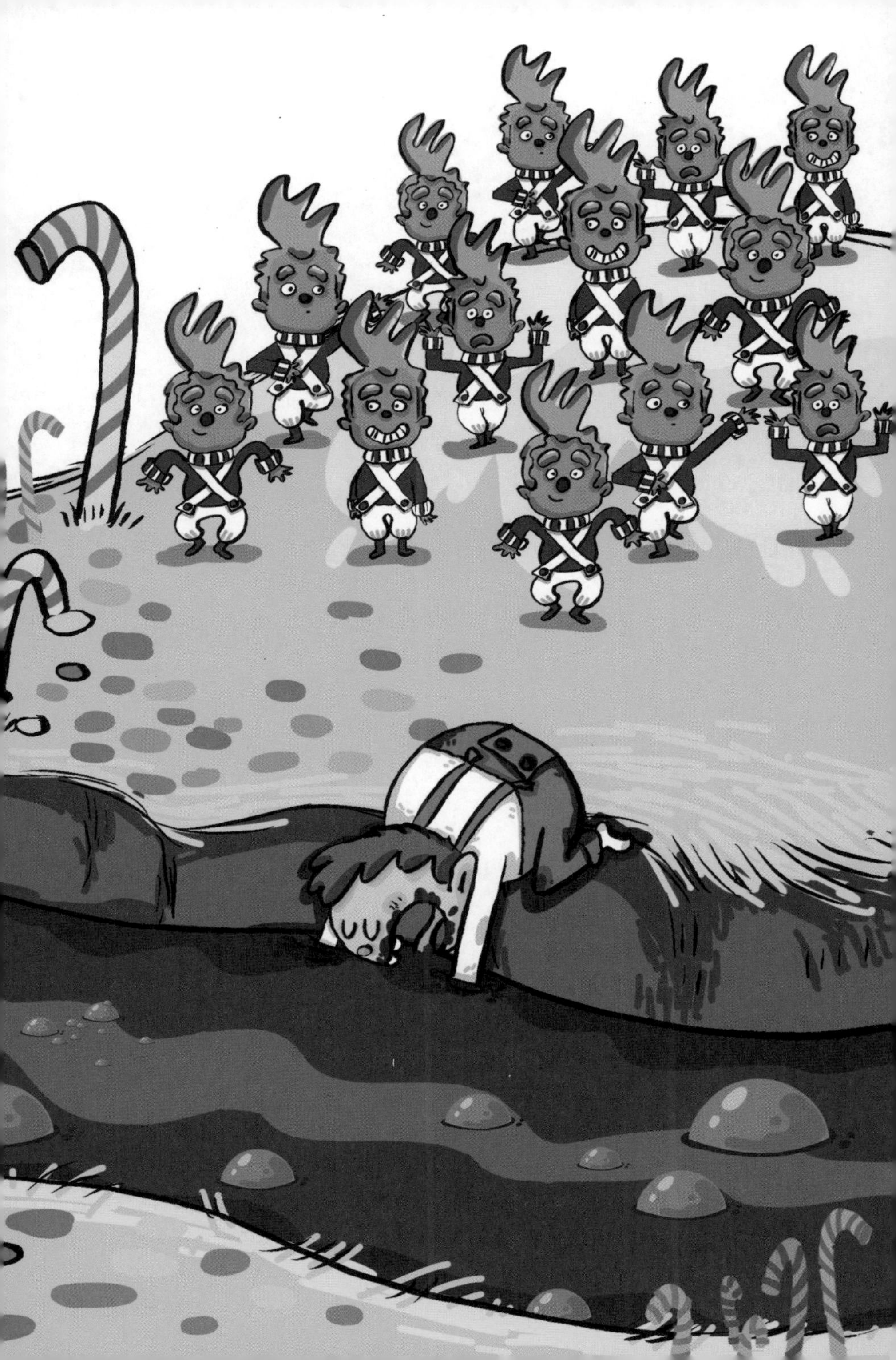

6

UN PEQUEÑO GRAN CONTRATIEMPO

Al día siguiente, cuando nos levantamos, vimos que Brex había construido un telescopio con un montón de cosas que había encontrado por la habitación, cosas que en principio parecían completamente inútiles. Gracias a aquel telescopio, más o menos íbamos a tener controlados al Dr. Brot y a Nap.

Realmente el Dr. Brot no perdía ninguna oportunidad para hacer el mal. Lo cierto era que no se sabía qué le podían haber
hecho los pobres pajaritos del parque, pero él intentaba echar-
los con muy mala uva.

Cuando los monstruos vieron que el Dr. Brot molestaba a los pájaros, se pusieron hechos una furia.

Mis amigos no podían aguantar ver a alguien pasándolo mal, ya fuera un monstruo, una persona o un pájaro.

Y un rato más tarde, un personaje muy especial le echaba una buena bronca al Dr. Brot. Por suerte, en aquel momento un policía pasaba por el parque.

Al final, el policía acabó poniéndole una multa al Dr. Brot y, claro, este se lo tomó fatal.

Creo que fue entonces cuando me di cuenta de que, además de ser mala persona, el Dr. Brot estaba muy loco. ¿Pero por qué? ¿Por qué estaba tan loco y por qué era tan malo? Lo busqué en internet, pero no encontré nada. Y los monstruos tampoco supieron darme una respuesta.

De verdad que no lo entiendo. ¿Por qué es tan malo?

No lo sé...

A saber...

Quién sabe...

No, no lo sé.

No, no se sabe.

Quizás en una biblioteca encontraremos alguna cosa sobre el Dr. Brot.

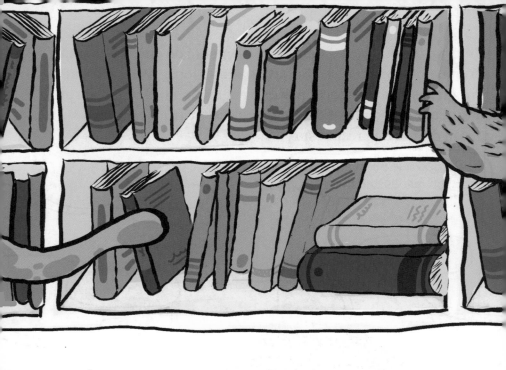

Ziro tuvo una gran idea. Mientras todos los demás se iban a trabajar al Nautilus, Ziro, el Sr. Flat y yo nos fuimos a la biblioteca municipal. Y buscamos, buscamos y buscamos.

El Sr. Flat y yo recorrimos toda la biblioteca buscando libros. Ziro, por su parte, cogió un gran libro titulado *Historia de los monstruos y otros seres que nunca existieron* y se puso a leer.

Mira, Agus: *El guardián entre el centeno*, de Salinger. ¡Cuando seas un poco mayor, recuérdame que sí o sí leamos este libro!

¡De acuerdo, Sr. Flat!

Mientras el Sr. Flat y yo seguíamos buscando libros, oí que Ziro nos llamaba: lo había encontrado.

Para encontrar lo que buscábamos, Ziro tuvo que llegar hasta la página 569. Pero lo que decía en aquella página no podía ser más claro:

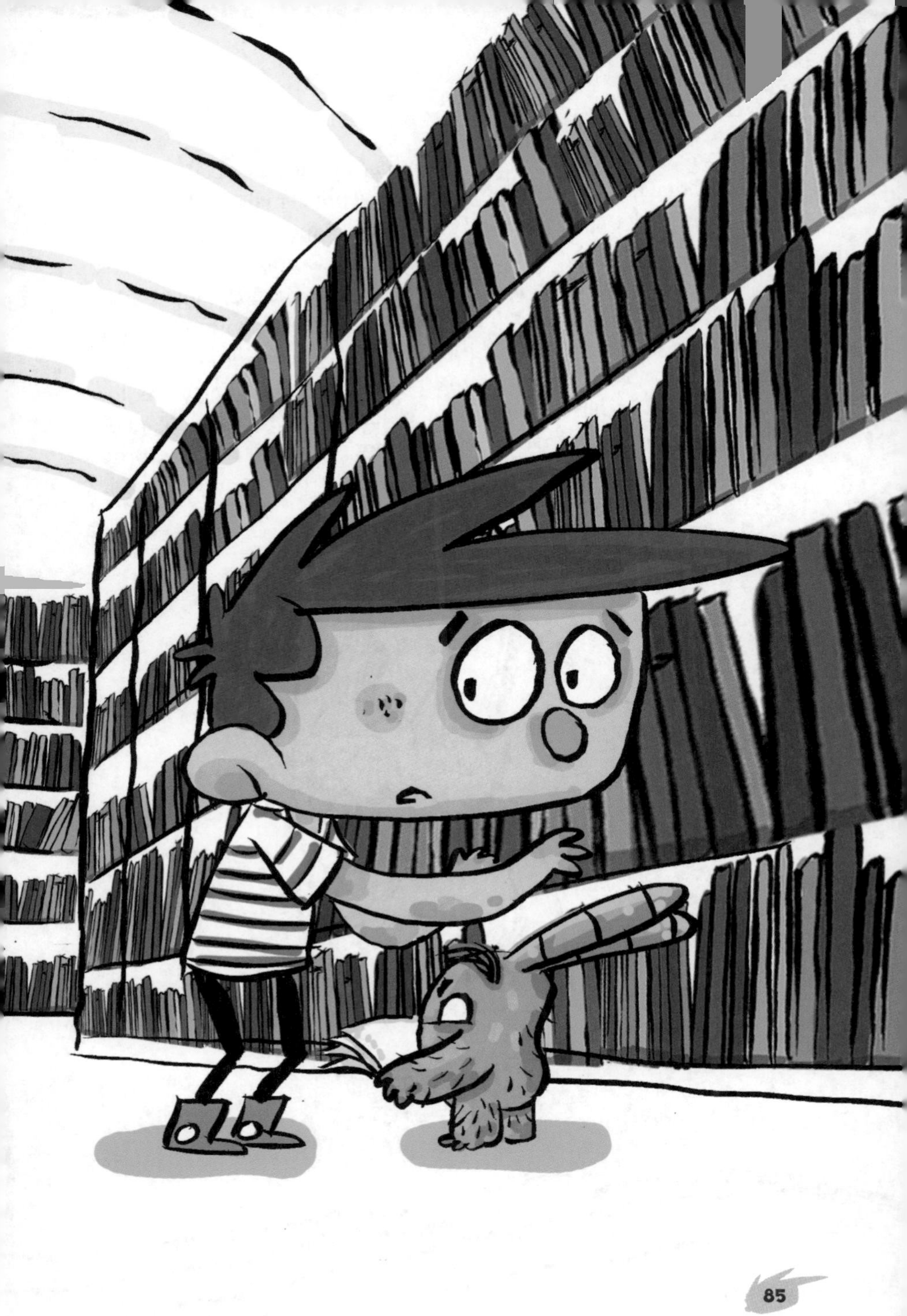

Brotali maximus

Más conocido por Dr. Brot. Es un monstruo muy especial. Le gusta hacer el mal porque sí. Su lema es: «El mal por el mal». Se dice que el Dr. Brot está detrás de multitud de desgracias sucedidas en el mundo de los monstruos, pero también en el de los humanos. Gracias a su mala fama, los humanos, especialmente los niños, temen a los monstruos. El Dr. Brot se aprovecha de su apariencia humana para sembrar el mal y pasar inadvertido. Si lo veis, alejaos de él.

Según los antiguos textos proféticos de la tierra de los monstruos, un día un niño y un grupo de monstruos, después de vivir todo tipo de aventuras, conseguirán someter al Dr. Brot. Cuando esto pase, los humanos y los monstruos podrán convivir en paz y armonía.

No hace falta que diga que las páginas dedicadas al Dr. Brot nos inquietaron. Acabábamos de descubrir que el Dr. Brot era un monstruo, ¡pero de los malos!

Aquella noche, antes de seguir con la lectura de *Charlie y la fábrica de chocolate*, estuvimos hablando un buen rato. Nosotros explicamos lo que habíamos descubierto sobre el Dr. Brot; y el Cheff Roll, Brex, Pintaca, Emmo, la Dra. Veter, Drílocks y Hole nos aseguraron que en el Nautilus todavía quedaba mucho trabajo.

¡Venga, chicos! ¡Nulla dies sine linea!

¿Qué ha dicho?

Es una frase en latín, de Plinio el Viejo: «Ni un día sin una línea». Más o menos, quiere decir que no deberíamos dejar pasar ningún día sin leer o escribir por lo menos un poco.

7

ENSAYO GENERAL

A primera hora salimos hacia el Nautilus. Nuestra idea era hacer un ensayo general para que al día siguiente todo saliera tan bien como fuera posible, aunque el Cheff Roll estaba bastante desesperado.

Cuando llegamos al restaurante, lo primero que hicimos fue dibujar un plano. Así tendríamos claro dónde sentaríamos a Jean-Paul, al Dr. Brot y al resto de los clientes.

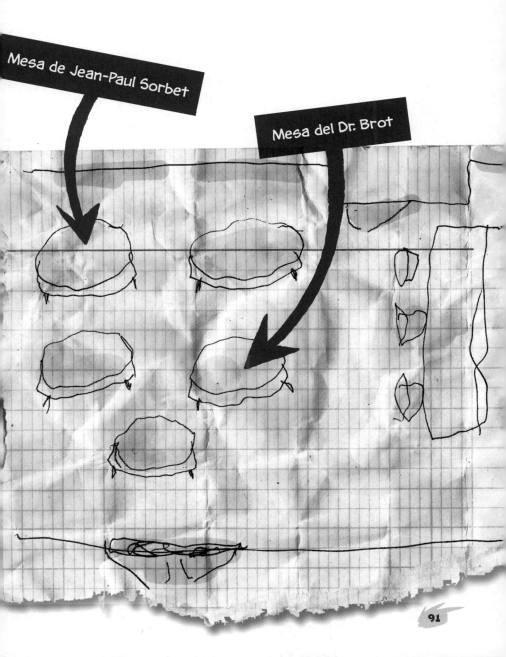

Mesa de Jean-Paul Sorbet

Mesa del Dr. Brot

Una vez dibujado el plano, el Cheff Roll intentó que Penélope y Ulises aprendieran cuatro cosas básicas para poder servir las mesas.

Evidentemente, vista la poca gracia de Penélope y de Ulises, decidimos que yo sería el camarero. Evitaríamos que ellos se acer-
caran a las mesas de Jean-Paul Sorbet y del Dr. Brot. Pero... ¿qué
harían Penélope y Ulises en la cocina?

Lo que pasó en la cocina es directamente inexplicable, porque el grado de inutilidad de Penélope y Ulises daba miedo, directamente.

Así pues, decidimos que yo serviría las mesas de Jean-Paul Sorbet y del Dr. Brot, y que Penélope y Ulises servirían las demás. Los monstruos estarían en la cocina preparando la comida bajo la supervisión del Cheff Roll, y a Emmo lo colocaríamos junto a la máquina de café, como si fuera un aparato.

Emmo tenía tendencia a enfadarse, sobre todo con Pintaca, pero la verdad es que siempre estaba dispuesto a colaborar en todo.

Penélope y Ulises eran buena gente de verdad, pero pensar que pudiéramos salirnos con la nuestra ya era otra cosa.

Aquella noche, mientras cenaba con mis padres, les dije que, por cosas del trabajo que me habían mandado en la escuela, me pasaría el día siguiente en el Nautilus. De este modo, además, podría ayudar a Penélope y a Ulises. Y entonces me dieron la gran sorpresa.

¡Perfecto, hijo! Tu madre y yo iremos a comer al Nautilus.

¿Qué? ¿Por qué? ¿Cómo? ¡No es necesario! ¡Hay muchos restaurantes!

¡Ay, sí, qué ilusión! ¡Hace tanto que no salimos los dos solos!

Cuando les expliqué a los monstruos que mis padres irían a comer al Nautilus, intentaron tranquilizarme un poco, pero la verdad es que, como tranquilizadores, no podía decirse que fueran muy buenos.

Los monstruos no perdonaban. No estaban dispuestos a irse a dormir sin leer. ¡Ni un día sin una línea!

Y aquella noche el Sr. Flat escogió un fragmento de *La Odisea*, de Homero, que según él, aunque era un poema, junto con *La Ilíada* podían considerarse las primeras grandes novelas de la historia de la literatura.

¡Qué bestia! En el fragmento que escogió el Sr. Flat, Ulises se enfrentaba a Polifemo, un gigante con un solo ojo, que se lo quería comer a él y a sus compañeros de viaje. Atrapado con sus hombres en la cueva de Polifemo, Ulises hace creer al cíclope que se llama Nadie, y gracias a esto, cuando lo hiere y el cíclope llama a los demás gigantes para que lo socorran, no le hacen ni caso porque grita: «¡Nadie me ha herido!». De este modo, al día siguiente Ulises y sus compañeros consiguen escapar camuflados entre las ovejas que Polifemo guarda en su cueva.

8

LA HORA
DE LA VERDAD

Había llegado la hora de la verdad. Y la verdad era que yo tenía un poco de miedo. Veía a todos los demás tan decididos que me daba pánico que me diera un ataque de pánico. Si, ya sé, tener pánico del pánico debe de sonar un poco raro.

¿Tienes miedo, Agus?

Nnnn... ¡Sí!

Perfecto. Todos tenemos miedo. Si no tuviéramos miedo, seríamos irremediablemente estúpidos. ¡Mira a Ziro!

Es el que tiene más miedo: ¡precisamente porque es el que más piensa!

Y así, a pesar del miedo que teníamos, nos fuimos al Nautilus. Y allí, gracias a las capacidades organizativas del Sr. Flat y a la voz de mando del Cheff Roll, empezamos a trabajar.

Primero el Cheff Roll comprobó que todo estuviera en orden.

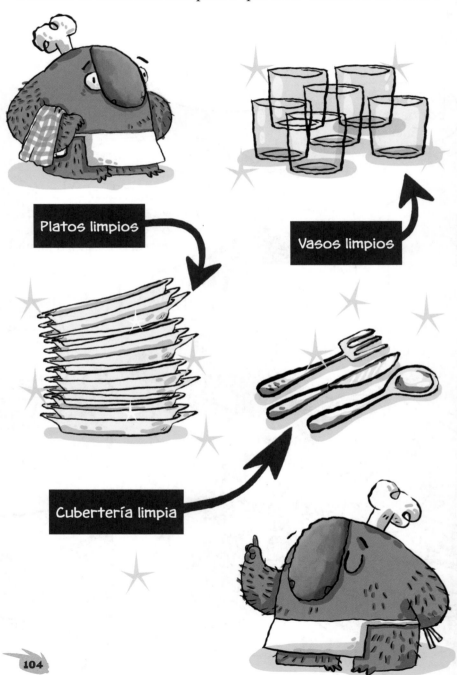

Platos limpios

Vasos limpios

Cubertería limpia

Y luego pasó revista.

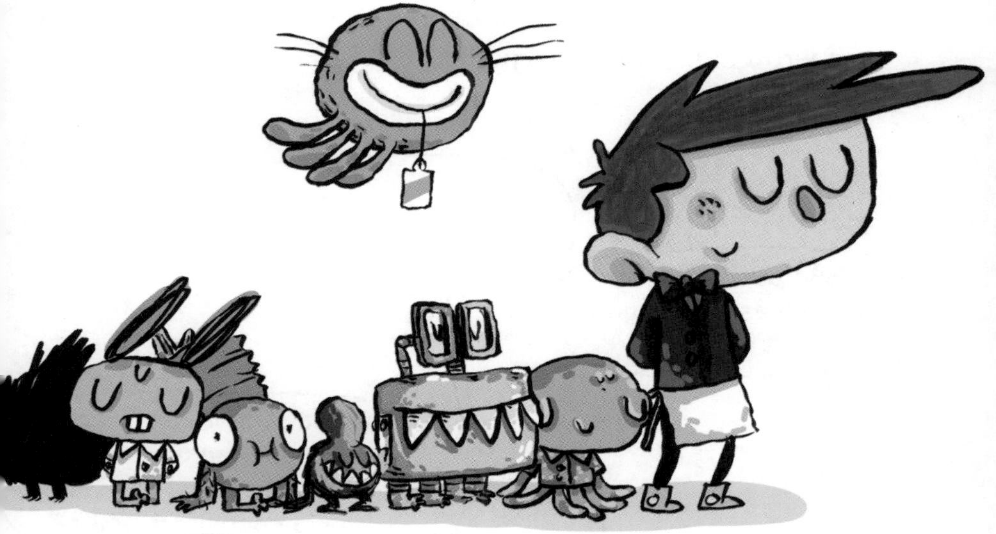

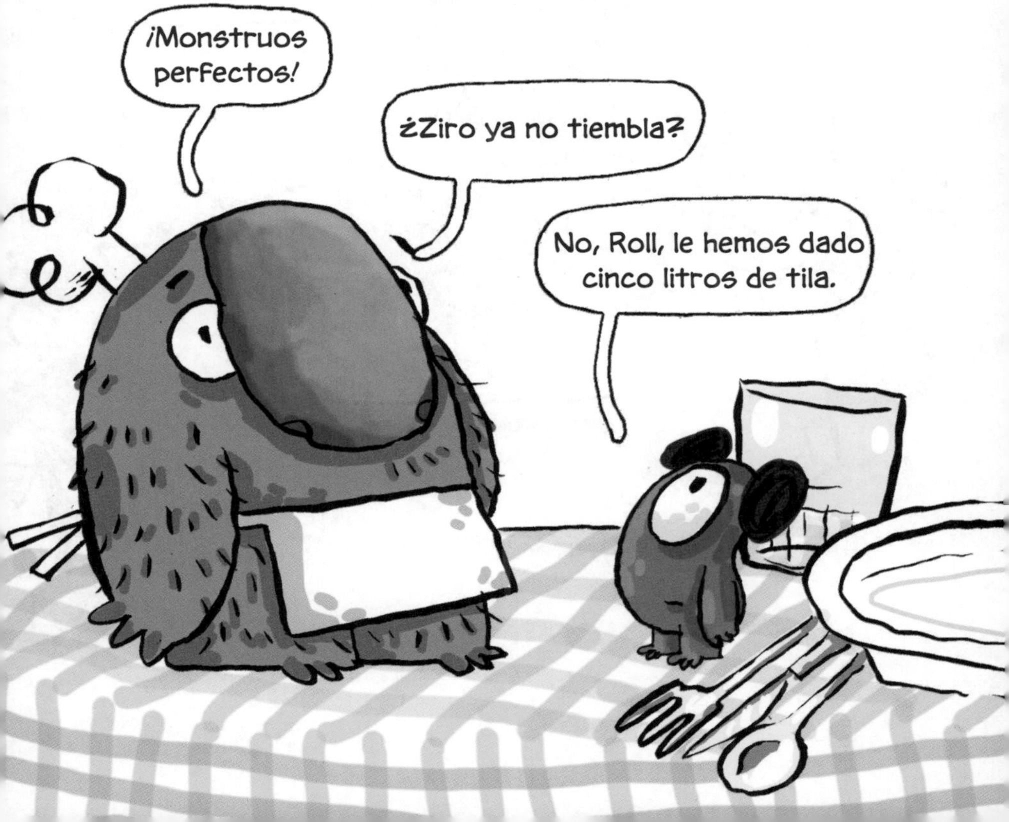
¡Monstruos perfectos!
¿Ziro ya no tiembla?
No, Roll, le hemos dado cinco litros de tila.

En cuanto el Nautilus abrió sus puertas, pasó la cosa más absurda que podía pasar. De todos los clientes del mundo que podían haber entrado en el restaurante, inexplicablemente los primeros fueron Lidia Lines y su padre.

Acababa de anotar lo que querían comer Lidia y su padre, cuando entraron los segundos clientes: ¡mis padres! ¡Aquello era una pesadilla!

Pero la mala suerte no se había acabado. La tercera clienta que entró en el restaurante fue Emma, la bibliotecaria de la escuela. ¿Es que no había más restaurantes?

Y entonces llego él, Jean-Paul Sorbet, que aún era más repelente de lo que parecía en la foto del periódico.

Para empezar, quiero probar todos los primeros platos de la carta y todos los vinos de la bodega.

Por cierto, ¿usted no es un poco joven para ser camarero?

No, no... Tengo dieciocho años, pero es que me cuido mucho.

En la cocina todos íbamos de un lado a otro, trabajando como locos. Era un caos, pero más o menos encontrábamos solución para todo.

Como no parábamos ni un segundo, no teníamos tiempo de pensar en él. Pero sí, entonces llegó la verdadera hora de la verdad. Y la verdad tenía un nombre: Dr. Brot.

9

¡A POR TODAS!

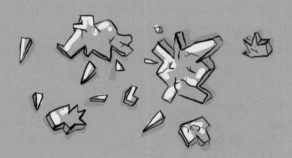

Lo teníamos todo bastante controlado, aunque Jean-Paul Sorbet nos estaba dando mucho trabajo. Quería probar toda la carta del Nautilus. Pero, tan pronto como el Dr. Brot se sentó a su mesa, todo se descontroló. Empezó a quejarse y Jean-Paul Sorbet se dio cuenta inmediatamente.

Jean-Paul Sorbet, absolutamente maleducado, siguió insistiendo a gritos. Y entonces se me ocurrió una idea.

Y mientras pasaba todo esto, el Dr. Brot reía feliz porque se daba cuenta de que las cosas se estaban complicando de mala manera.

Por supuesto, mis padres y el resto de los clientes estaban bastante perplejos ante los gritos de Jean-Paul Sorbet y las risotadas enloquecidas del Dr. Brot.

Y entonces pasó una cosa que no habíamos previsto. Llevé a la mesa el pescado al horno que habían pedido el Dr. Brot y Nap, y cuando se lo mostré...

El pescado del Dr. Brot fue a parar a la cabeza de Jean-Paul Sorbet. La copa de vino de Sorbet se derramó encima de mi madre, que del susto lanzó su plato de sopa contra el padre de Lidia... Y, así, poco más tarde, el Nautilus se convirtió en un campo de batalla.

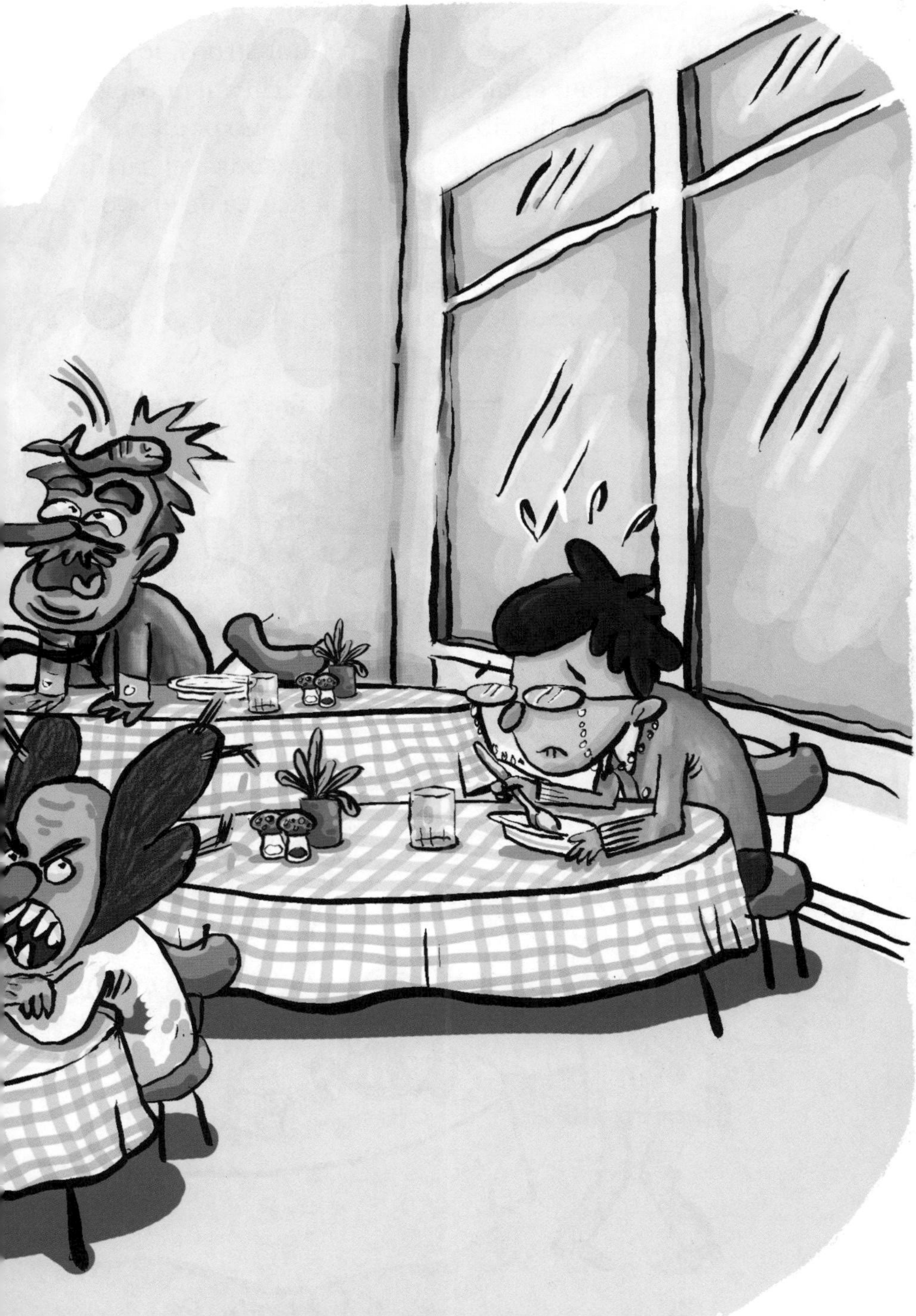

¡Ya solo faltó que aparecieran los monstruos! Todo el mundo se puso a chillar. Unos porque veían a los monstruos, los monstruos porque ya solían gritar sin motivo, Jean-Paul porque consideraba que todo era horrible... Las cosas ya no podían ir peor. Y en pleno desastre, el Cheff Roll se la pegó contra el carrito de los helados y aún tuvo tiempo de disertar acerca de los postres.

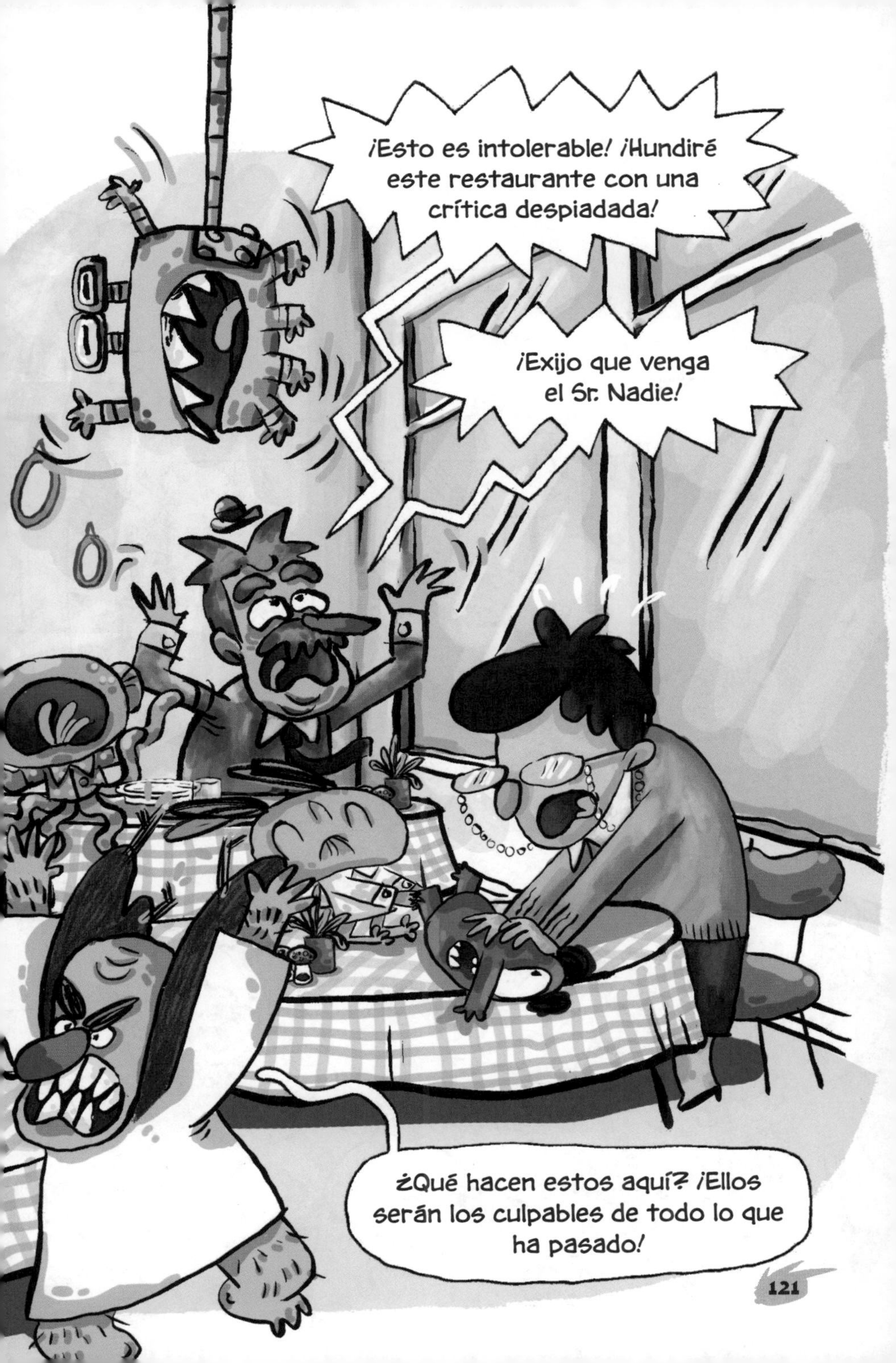
¡Esto es intolerable! ¡Hundiré este restaurante con una crítica despiadada!
¡Exijo que venga el Sr. Nadie!
¿Qué hacen estos aquí? ¡Ellos serán los culpables de todo lo que ha pasado!

Y entonces, cuando parecía que ya no podía pasar nada más, el Sr. Flat dio una orden. Y al Dr. Brot le faltó tiempo para desaparecer.

De repente, Emmo abrió la boca y un potentísimo rayo de luz nos iluminó a todos...

Cuando la luz de Emmo se apagó, todos los monstruos ya estaban dentro de mi mochila y todos los clientes parecían bastante despistados. Era el momento de inventar un poco...

10

¿DERROTADOS?

Cuando terminé de limpiar el restaurante, me fui a casa. Todo había salido fatal. Estaba claro que, con su crítica, Jean-Paul Sorbet acabaría de hundir el Nautilus. ¡El Dr. Brot se había salido con la suya! Y en cuanto al plato que tenía que llevar a la escuela al día siguiente... En fin... ¡Nada!

Mis padres quisieron animarme y me dijeron que nada de lo que había pasado era por mi culpa y que, a veces, las cosas no salen como uno desearía.

Y entonces me fui a mi habitación, donde sabía que encontraría a los monstruos hechos polvo.

Pero no fue así. Nadie estaba hecho polvo. ¡Mi habitación se había convertido en una fiesta! Era bestial, todos estaban contentos. Cantaban y bailaban. No entendí nada. Nada de nada.

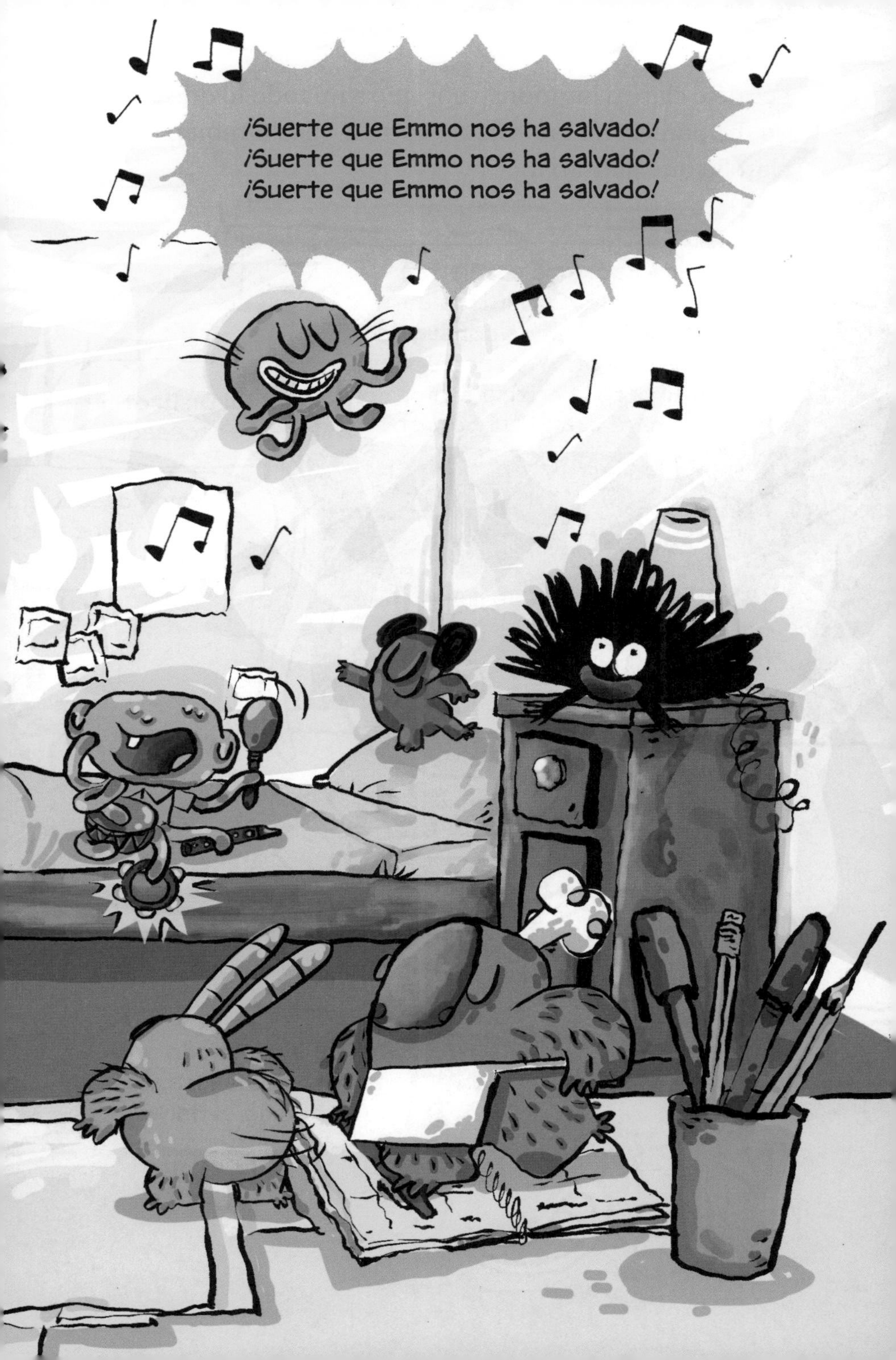
¡Suerte que Emmo nos ha salvado!
¡Suerte que Emmo nos ha salvado!
¡Suerte que Emmo nos ha salvado!

Les dejé claro a los monstruos que a mí todo lo que había pasado me parecía un enorme desastre. Y ellos también me dejaron claro lo que pensaban.

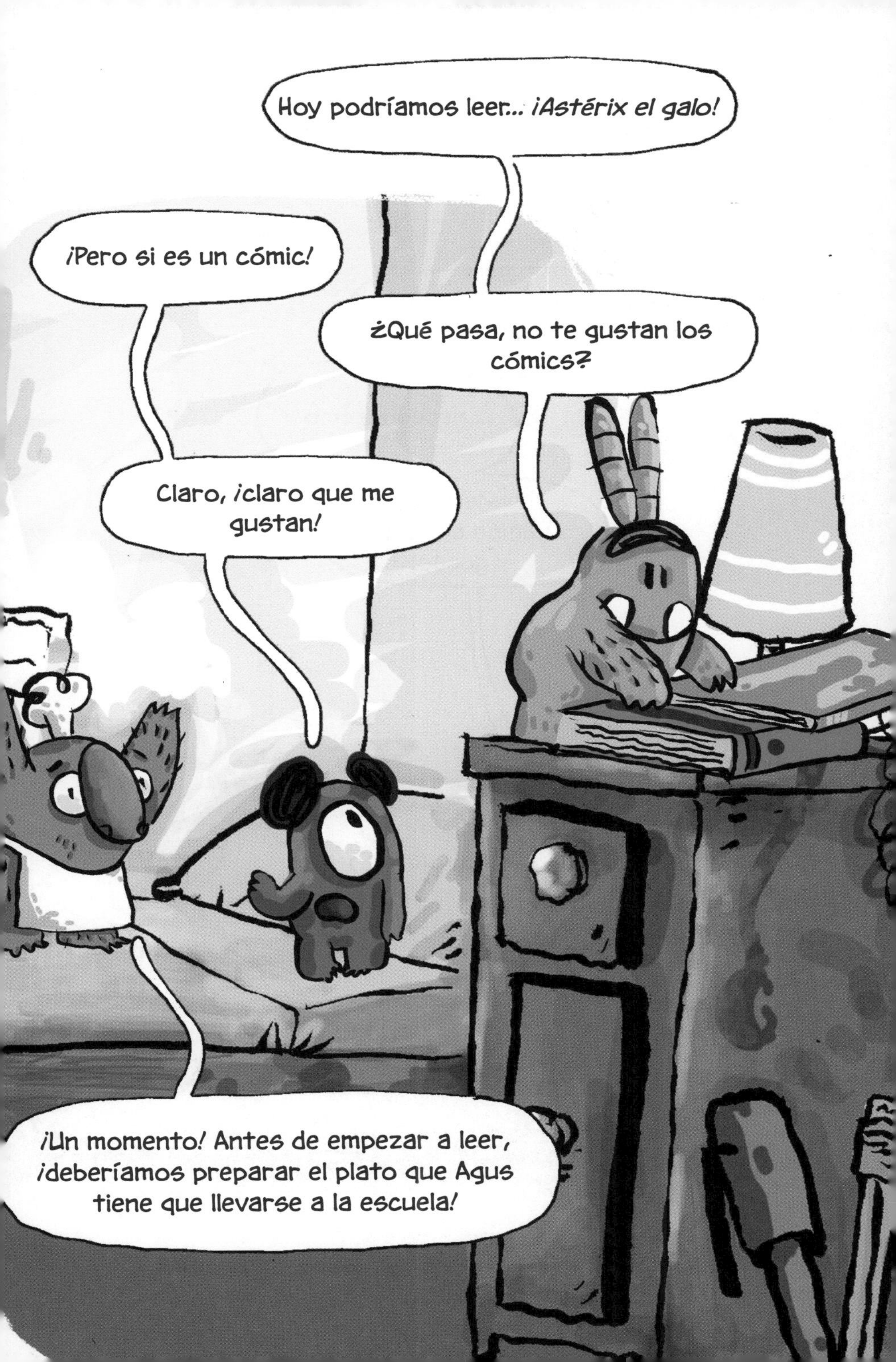
Hoy podríamos leer... ¡Astérix el galo!
¡Pero si es un cómic!
¿Qué pasa, no te gustan los cómics?
Claro, ¡claro que me gustan!
¡Un momento! Antes de empezar a leer, ¡deberíamos preparar el plato que Agus tiene que llevarse a la escuela!

Y allí mismo, y gracias a Emmo, que se convirtió en una cocina, el Cheff Roll me enseñó a elaborar un plato muy sencillo, pero que, según él, tenía mucho éxito cuando los monstruos vivían en el *Libro de los monstruos*.

Para preparar los «Pequeños rollos de bocadillo redondo y blandito»...

... necesitaremos:

Pan de molde, jamón de York y queso.

Aplastamos el pan con un rodillo de cocina.

Ponemos el jamón y el queso sobre el pan.

Enrollamos el bocadillo y...

Finalmente, lo cortamos en trocitos...

Y aquella noche nos tronchamos con las aventuras de Astérix y Obélix, con la poción mágica, los menhires de Obélix, las peleas entre los vecinos del poblado y los romanos perdidos por el bosque.

11

¡LO HEMOS LOGRADO!

Todos los monstruos quisieron ir a la escuela conmigo. Querían ver qué pasaba con el bocadillo que me había enseñado a preparar el Cheff Roll. Y yo no les supe decir que no.

Pero, claro, como era la hora de ir a la escuela, al salir de casa me encontré a Lidia en el rellano de la escalera.

A la hora de desayunar, todos presentamos nuestros platos. Los dejamos sobre las mesas para que todo el mundo los pudiera probar. Pero, antes de desayunar, votamos el mejor plato. Y yo... Yo me desanimé un poco.

Pero no sé cómo fue que, cuando empezamos a probar los platos, todos, absolutamente todos, se abalanzaron sobre el mío.

Antes de que mi plato se acabara, agarré un trozo de bocadillo para Emma. Se lo merecía. Cada semana seleccionaba los libros que yo me llevaba a casa. Y, además, en el Nautilus estalló la batalla antes de que ella hubiera tomado el postre.

... Y así es como Jean-Paul Sorbet ha hecho un ridículo espantoso.

¿De qué te ríes, Emma?

... Estaba escuchando la radio y el locutor hablaba de ese tal Jean-Paul Sorbet. ¡Ha escrito una crítica despiadada atacando el restaurante del Sr. Nadie! Ha dicho: «Nadie cocina mal, Nadie es un desastre»... ¡Qué burro!

Mi mochila empezó a moverse porque los monstruos se partían de risa. Y pensé que era mejor que me fuera para que Emma no notara nada.

De momento, era un día redondo, pero aquella misma tarde todavía fue mejor. Al volver a casa, encontramos una gran cola de gente y la seguimos.

Era increíble. El Nautilus se había convertido en una heladería. Y la cola de clientes era interminable.

Penélope y Ulises me dijeron que en el Nautilus siempre habría un helado para mí y para mis amigos. Cuando les pregunté a qué amigos se referían, me dijeron que querían decir que siempre habría helado para mí y para todos los que fueran mis amigos.

Era curioso. Yo, aparte de mi plato para la escuela, tenía la sensación de que todo había acabado de una manera desastrosa. Pero tanto los monstruos como Penélope y Ulises lo veían de manera muy diferente.

Y de pronto, y sin que viniera al caso, me di cuenta de una cosa: el rayo de luz de Emmo había conseguido que nadie recordara a los monstruos. Pero ¿y yo? ¡Yo los recordaba! ¿Qué pasaba conmigo?

¿Sabían los monstruos que a mí no me afectaría?

¡Estábamos seguros de que el rayo no te afectaría, Agus!

¿Y por qué estabais tan seguros?

Ni idea, Agus. A veces, de las cosas más importantes no tenemos ni idea. Y me parece que a los humanos os pasa lo mismo, ¿no?

Aquella noche nos comimos los helados de Penélope y Ulises.
¡Eran deliciosos! Y cuando acabamos de comérnoslos, todos se
pusieron a cantar la canción que ya habían cantado el día antes. Y esta vez yo también canté, porque ahora la entendía. ¡Lo
habíamos logrado!

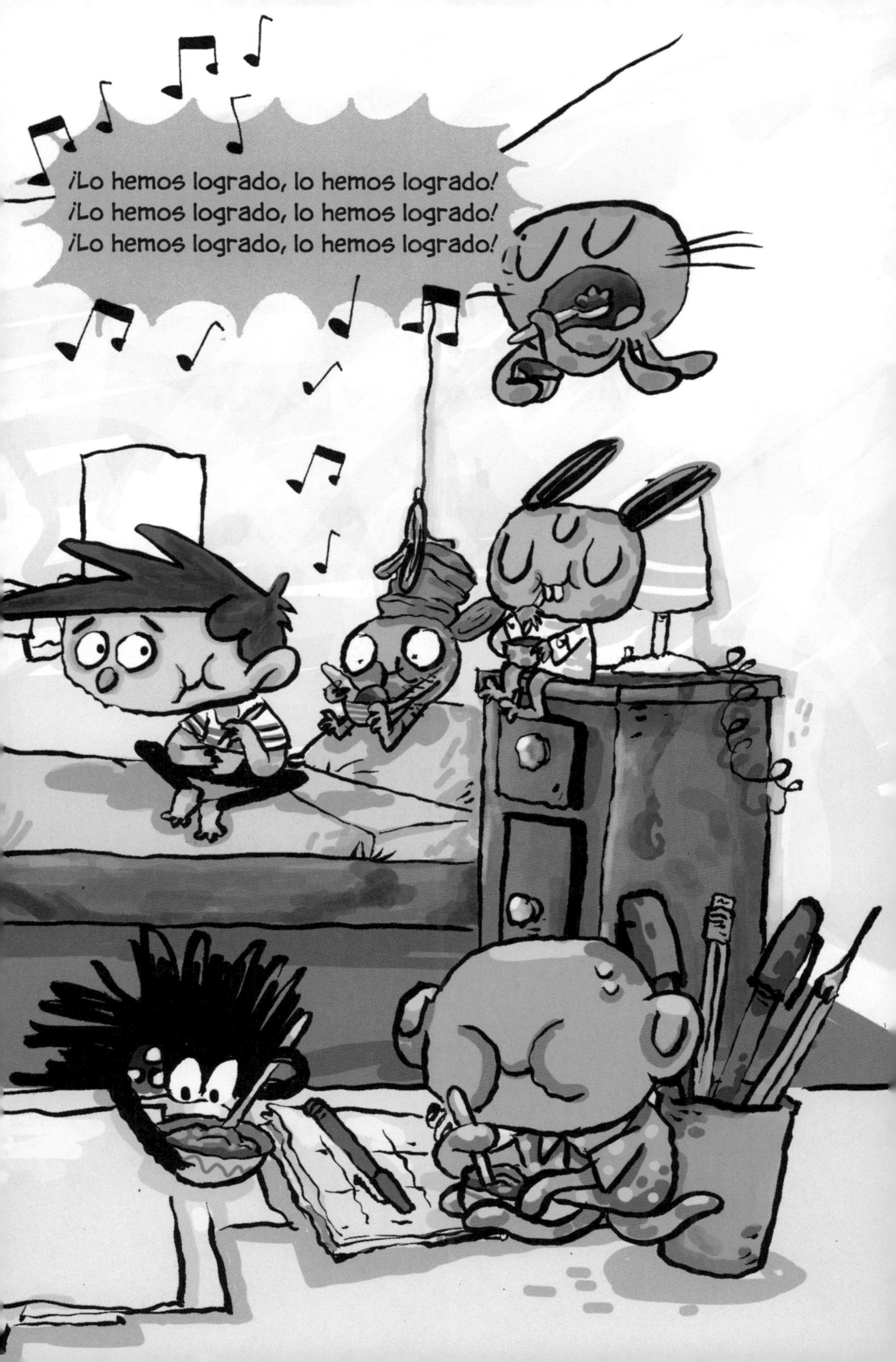
¡Lo hemos logrado, lo hemos logrado!
¡Lo hemos logrado, lo hemos logrado!
¡Lo hemos logrado, lo hemos logrado!

Y MUY PRONTO...
UNA NUEVA AVENTURA:

LA CANCIÓN DEL PARQUE

Un tren de dieciséis vagones,
un arqueólogo enamorado,
un parque en peligro...
¡Y UN MONTÓN DE LÍOS!

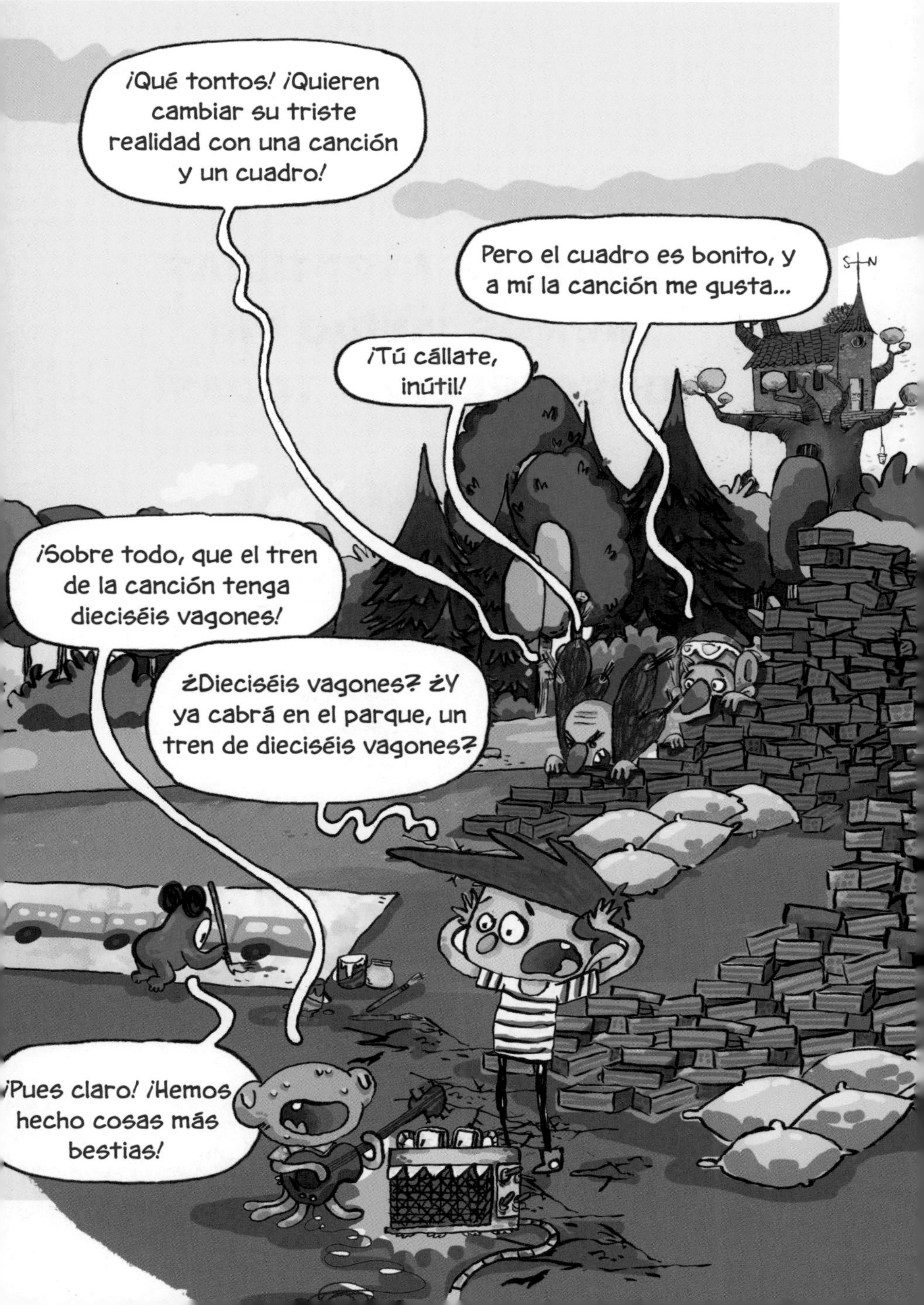
¡Qué tontos! ¡Quieren cambiar su triste realidad con una canción y un cuadro!
Pero el cuadro es bonito, y a mí la canción me gusta...
¡Tú cállate, inútil!
¡Sobre todo, que el tren de la canción tenga dieciséis vagones!
¿Dieciséis vagones? ¿Y ya cabrá en el parque, un tren de dieciséis vagones?
¡Pues claro! ¡Hemos hecho cosas más bestias!

¡CUÁNTAS AVENTURAS HEMOS VIVIDO YA! ¡DESCÚBRELAS TODAS!

¡LLEGA EL SR. FLAT!

¡SALVEMOS EL NAUTILUS!

LA CANCIÓN DEL PARQUE

LA GUERRA DEL BOSQUE

EL DÍA DEL LIBRO DE LAS GALAXIAS

DE LIBRO EN LIBRO

LA CARTA MÁS ALTA

EL SALTO DEL TIEMPO

¡FELIZ NAVIDAD, QUERIDOS MONSTRUOS!

LA NOCHE DEL DR. BROT

LA LEYENDA DEL MAR

EL ÁRBOL DE LAS PESADILLAS

EL TESORO PERDIDO

OLIMPIADA CULTURAL

¡VIRUS!

LOS CARTEROS DEL ESPACIO

LA BIBLIOTECA SECRETA

LA ISLA DE TRUMAN

LA CRIATURA

DESTRUCTOR